dtv
premium

Ausführliche Informationen über
unsere Autoren und Bücher
finden Sie auf unserer Website
www.dtv.de

Christian
Zehnder

JULIUS

Roman

Deutscher Taschenbuch Verlag

FSC
www.fsc.org
MIX
Papier aus verantwortungsvollen Quellen
FSC® C013736

Originalausgabe 2011
Deutscher Taschenbuch Verlag GmbH & Co. KG, München

Umschlagkonzept: Balk & Brumshagen
Umschlaggestaltung: Wildes Blut, Atelier für Gestaltung, Stephanie Weischer unter Verwendung eines Fotos von plainpicture/Zenshui
Gesetzt aus der Spectrum MT regular 11/15'
Satz: Fotosatz Amann, Aichstetten
Druck und Bindung: Kösel, Krugzell
Gedruckt auf säurefreiem, chlorfrei gebleichtem Papier
Printed in Germany · ISBN 978-3-423-24860-0

Es wird genügen, wenn eines Winters
aus einem schneeverwehten Garten
fröstelnd ein fremdes Kind eilt
und mich umarmt.

Miloš Crnjanski

In der Flußbiegung

Julius fuhr in eine weite Flußbiegung, der Zug neigte sich beinahe über das Wasser. Den Passagieren schien vom Hügelland auf der anderen Seite des Flusses die Abendsonne ins Gesicht, und trotzdem schliefen die meisten, überrascht von der Wärme des Tages, vom Leuchten der Landschaft, das am Morgen noch der weiße, dünn ausgestreute Schein des Winters gewesen war. Die Windjacken, in denen sie zum Bahnhof gekommen waren, zogen sie nicht aus.

Einige wenige fanden es interessanter, in den Waggons hin- und herzugehen und in unbesetzten Abteilen an den Fenstern zu stehen. Sie ließen die Scheiben herunter, Schatten von Telegrafenmasten fuhren über ihre Gesichter, und sie kehrten zurück zu ihren Plätzen, etwa neben einen schlafenden Großvater mit Enkelkind. Nach einer Weile begab sich ein nächster in das freigewordene Abteil und schloß das Fenster, als wäre das seine Aufgabe. Julius fragte sich, ob am Ende alle miteinander bekannt waren.

Als er aufstand und selber zu einem offenen Fenster ging, sah er über den Hügeln eine weiße Wolke. Lauwarmer Wind blies ihm ins Gesicht. Die Wolke wurde kleiner, und er blieb allein beim Fenster, bis er sie nicht mehr sah. Später griff er, wieder am Platz, nach den paar Sachen in seinem Rucksack und weckte damit eine Frau vis-à-vis. Er wollte sich entschuldigen; das wäre das erste Gespräch gewesen. Doch sie schaute ihn gar nicht an und fuhr statt dessen mit der Strickarbeit fort, die sich in ihren Händen gewellt hatte.

Julius war es nichts Neues, daß Leute nicht reden. Manchmal hatte er als Kind, wenn er mit den Eltern in der Stadt oder über Land war, Fremde nach dem Weg gefragt, nur um einen Satz zu vernehmen. Häufig lautete die Auskunft, er sei bereits am Ziel. Folgte eine Wegbeschreibung, freute er sich und vergaß, zuzuhören. Der Vater schnappte die Auskunft hinter dem Kind auf und merkte sie sich, die Mutter blickte zu den Dachfenstern oder Tannenwipfeln hoch.

Auf diese Weise beschwor er kurze Wortwechsel herauf.

Mit Martin, seinem Schulfreund, traf Julius sich für festgelegte Stunden, während die Nachbarskinder über das Spielen Tage vergehen ließen. Als komme er von einer Arbeit, erklärte er den Tag manchmal um sieben für beendet und setzte sich aufs Bett. Das verwunderte sogar seine Eltern, denen er es eigentlich nachtat. Einmal hörte er Martin zu ihnen sagen: »Er ist einfach so.« Martin mochte das Kartenspielen. Julius lief dann an ihnen vorbei, einer jassenden Runde, um den Briefkasten zu leeren (auch sonntags), in der Überzeugung, niemandem zu trotzen.

Martin trat in den ersten Schuljahren den Pfadfindern und dem Turnverein bei, außerdem fing er an, Klavier zu spielen, und gab nicht einmal das Blockflötenspiel auf. Julius' Eltern konnten sich nicht entscheiden, ob sie Martin als Vorbild für ihr Kind nehmen sollten ... Sie schickten ihn ein paarmal mit ans Lagerfeuer. Und obwohl einige meinten, Julius sei sich dafür zu schade, hätte er nichts dagegen gehabt, ein Pfadfinder zu werden. An der Musik gefielen ihm der Triangel und die Pauke. Man konnte ihm einen Federballschläger in die Hand drücken, und er spielte eine halbe Stunde lang.

Vielleicht wäre er bald ein Knabe mit Tatendrang geworden; doch in der sechsten Klasse zog Martin mit seiner Familie in einen anderen Kanton, und Julius begann, sich für die Nachrichten zu interessieren. Am liebsten hätte er gleich aufgehört, ein Knabe zu sein. Er wartete länger auf die Tagesschau, als er je an einem Nachmittag mit jemandem Zeit verbracht hatte.

Manchmal sagte er zum Vater: »Setz dich«, und wies ihm den zweiten Sessel zu. Die Mutter machte hinter ihnen den Haushalt. Als sie einmal genau um halb acht den Staubsauger einschaltete, wurde Julius' Ton bestimmt, und der Vater trat auf die Terrasse und goß die Blumen.

Wenn an den schwierigen Lebensjahren zwischen zwölf und achtzehn, von denen man überall hörte, das einzig Schwierige dieser unerschütterliche Ernst und ein fast demonstratives Warten auf Stühlen, Bänken und Simsen war, so könnten sie sich glücklich schätzen, sagte die Mutter. Trotzdem überlegte sie, wie Julius zum Lachen zu bringen wäre. So wenig hatte es gebraucht zur Heiterkeit, als sie mit ihm schwanger gewesen war. Sie spazierten und spazierten, hie und da wiederholend: »Julius ist ein schöner Name, klassisch und modern, sowohl als auch.« Und wenn sich der Vater umständlich zu ihrem Bauch hinunterbeugte, um ihn zu küssen, so lachte sie. Er blickte von den Hüften hoch und lachte mit. Davon gab es, logischerweise, keine Fotos.

Als die ersten Mitschüler aufhörten, Velotouren interessant zu finden, unternahm er mit seinen Eltern zum erstenmal eine, in der achten Klasse, nach Frankreich. Er übertrug die Ausdauer im Zeitungslesen auf die Tagesrouten über die Alpen und kleinere Gebirgsketten, an Weizenfeldern und Bauernhöfen vorbei, vor denen Männer die Mütze hoben und Hunde in die Luft sprangen. Die Mutter ermüdete nicht, sie überholte Julius da und dort sogar. Der Vater sagte vor einem kleinen Dorf: »Was würdet ihr von einem Glas Wein mit etwas Weichkäse und Brot halten?«

In einer Kreisstadt fuhren sie hintereinander in ein finsteres Gäßchen und kamen auf einen weiten Platz mit einer Kathedrale. Sie werweißten, wo sie die Fahrräder abstellen sollten, und beschlossen, die Kathedrale gestaffelt zu besichtigen. Dem Vater gefielen die vielen Kanzeln, der Mutter das runde, vielfarbige Fenster über dem Eingang. Julius wunderte sich über die Höhe des Raumes, den er, so viel Tageslicht in den Augen, im Schatten entdeckte. Auch über die Kühle wunderte er sich, und noch mehr über die Hitze in der Nähe der Kerzen. Er verließ die Kathedrale durch eine Seitentür, und einen Augenblick lang wünschte er, die Eltern hätten ihn hier, unter den Kastanienbäumen eines schmutzigen Parks erwartet, ohne Fahrräder, ohne Ausrüstung und ohne zu sagen: »Da bist du ja!«

Bis er Martin besuchte, verstrichen fünf Jahre, das ganze Gymnasium. Er gewann in dieser Zeit keine neuen Freunde, schuf sich aber auch keine Feinde. Den einen galt er als Mitläufer, den anderen als Stubenhocker. Organisierten Klassenkameraden eine Campingwoche am See, erübrigte es sich, ihn zu fragen, ob er Lust habe, es reichte, ihm den Treffpunkt anzugeben. Er brachte, wenn es erwünscht war, Alkohol mit oder spielte einen Nachmittag lang am Strand im Rundlauf Tischtennis und beschwerte sein Erkennungsmerkmal, die Zeitungen, mit einem Gegenstand, damit sie nicht weggeweht wurden.

Er mochte es, den Eltern im Garten zu helfen und mit ihnen bei Kaffee und Kuchen zu sitzen. Schöner war nur noch das Treppensteigen zu seinem Zimmer hoch, zu dem Sessel, in dem er eines Tages anfing, Romane zu lesen. Die hohen Stapel gesammelter Zeitungsausschnitte gab er ins Altpapier, mit der Begründung, der Platz im Haus würde knapp.

Als seine Schullaufbahn zu Ende war, ging er fast mit der ganzen Klasse noch einmal schwimmen. Er setzte eine Sonnenbrille auf, um bei der Lektüre auf dem Badetuch nicht von den Seiten geblendet zu werden. Damit wurde er beinahe zur Attraktion. »Julius ist der Mann des Jahres. Er ist interessanter als wir!« sagte ein Mädchen und blieb mit ihm am Platz, während die anderen Eis essen gingen. Er sagte: »Ich kann dir das Buch ausleihen, wenn ich fertig bin.«

Ohne sich anzumelden, brachte er es der Mitschülerin an einem Hochsommertag nach Hause. Sie öffnete in einer Art Morgenmantel die Tür und sagte: »Und was bekomme ich außerdem?« Er antwortete mit einer Stimme, als spreche er eine Überzeugung aus: »Ich habe nur dieses Buch mitgebracht.«

Zu Hause fand er seine Eltern auf den Steinplatten kniend, sie schnitten Moos und kleine Blumen aus den Furchen heraus. Der Vater legte das Messer ab, die Mutter stellte die Gießkanne hin, und sie erzählten, was sie an dem Tag alles erledigt hatten.

Er freute sich, Julius zu sein. Er machte einen Gang durch den Garten. Der Rasen war gemäht und roch schon fast nicht mehr. Von der Terrasse aus hörte er die Eltern weiterarbeiten. Wie in der Kindheit nahm er ein Blatt vom Rhododendron und faltete es, um zu sehen, wie sich dunkelgrüne Linien daran bildeten. Er lief zu den Eltern und sagte zu ihnen: »Ich will nicht, daß es Winter wird.« Das liege nicht in ihrer Macht, sagte der Vater, seit Jahren zum erstenmal etwas klarstellend.

Dann wurden sie in der Nähe der Himbeeren vom Rasensprenger getroffen und standen da wie nach einem Gewitter … Einige Wochen später fanden sie, daß genau seit diesem Tag im August nicht mehr Sommer sei.

Vor lauter Nachsommer erinnerte sich Julius an seinen Freund Martin und fragte sich, ob es normal war, daß er seit dem Wegzug nicht mehr an ihn gedacht hatte. Ob er ihm nicht wenigstens an einem der Tage, an denen nichts geschehen war, hätte in den Sinn kommen müssen.

Bevor er ihn anrief, schrieb er Martins Telefonnummer und Adresse auf immer neue Zettel, die er halb absichtlich, halb aus Nervosität wieder verlegte. Die Mutter sammelte sie ein und brachte sie ihm. Schließlich wählte er die Nummer in ihrer Gegenwart. Er wollte ihr den Hörer übergeben. Sie ließ die verschiedenfarbenen Zettel vor ihm fallen, und er begann zu telefonieren.

Martin meldete sich in einem neuen, ostschweizerischen Dialekt. Er erzählte von den Sportarten, die seither erfunden worden waren, Julius hatte in den Zeitungen über sie gelesen. Sie konnten einander nicht überraschen. Sie erschraken höchstens darüber, wie gut sie sich kannten. Um davon abzulenken, sagte Julius allerlei Unzutreffendes, womit er die Mutter zum Lachen brachte. Der Vater kam dazu, umarmte sie und nannte sie beide Sonnenschein.

Das Wiedersehen verschob sich – es war noch nicht November – auf nächstes Jahr, da Martin an jedem Wochenende ein Meeting hatte. Julius war es recht, sich auf den Besuch einige Monate vorzubereiten. So gab es den ganzen Winter hindurch Gesprächsstoff. Die Mutter fragte: »Habt ihr euch wirklich nicht auseinandergelebt?« – »Dann sollen sie sich eben neu kennenlernen«, sagte der Vater heiter.

Julius war mit allem einverstanden und wartete auf den Frühling. Noch mehr wartete er auf den Sommer, den vergangenen, und fragte sich, ob es etwas bringe, sich nach ihm zu sehnen.

Das Wochenende bei Martin in Schaffhausen war nicht, wie Julius es gern in Kauf genommen hätte, voll von Aktivitäten. Er kam an, sie durchquerten das Haus und saßen den ganzen Nachmittag auf dem Balkon. Martin erzählte von einer unglücklichen Liebe zu einer Kunstturnerin. Julius tröstete ihn! Nicht, weil er sich viel darunter vorstellen konnte. Es schien, als hätte sich in ihm über die Jahre eine Auswahl an zufällig richtigen Worten angesammelt. Martins Eltern lobten seine Reife.

Das Abendessen war etwas üppiger, als er es gewohnt war. Zu Hause, berichtete er, gehe er Vater und Mutter bei anstehenden Arbeiten zur Hand. Er gab zu, daß er oft nur zuschaue und manchmal im Weg stehe. Am Ende wußten sie nicht, ob sie ihn zum Wandern oder, wer weiß, zur Jagd einladen sollten. Für Martin war er gerade so wie er dasaß der Freund, der ihm fehlte.

Im Gästezimmer erlebte er zum erstenmal einige Stunden Schlaflosigkeit, schlurfte durchs Haus und ging Wasser trinken … Und wohl zum erstenmal war er am nächsten Tag nicht ausgeruht. Auf dem Weg zum Bahnhof zeigte Martin ihm sein Trainingsgelände. Sie gingen auf der roten Bahn, über die weißen Linien, und den tauigen Rasen. Es hätte eine Besichtigung sein sollen, aber Julius spazierte über den Platz wie über eine verlassene Industrieanlage. Und wie ein echter Übernächtigter sagte er am Bahnhof, er brauche dringend einen Kaffee.

Als der Fluß und der über ihn geneigte Zug sich immer weiter bogen, hatte Julius den Eindruck, er fahre rückwärts. In diesem Augenblick sah er, wie sich am anderen Ufer auf großen, flachen Steinen zwei umarmten. Hinter ihnen standen kleine Fabriken und Lagerhallen, manchmal war ein Erdhügel dazwischen, mit der blinkenden Signallampe einer Baustelle, die den Abend noch heller machte. Der Schatten des Paars in der Flußbiegung reichte übers Wasser, wo er durchsichtig war, fast bis zu Julius ins Abteil. Er öffnete ein weiteres Fenster. Diesmal hielt er die Hände in den Fahrtwind hinaus.

Die beiden traten ein wenig auseinander, sahen zum Zug herüber und glaubten, Julius winke ihnen. Sie winkten zurück! Und sie begannen sich von neuem zu umarmen, während der Zug aus der Flußbiegung hinausfuhr und Julius, wieder an seinem Platz, langsam einschlief.

Als die Sonne unterging und sich ein zarter Schatten über die Weizenfelder und die vielen Industriebetriebe legte, mußte er blinzeln. In einem Tunnel durch einen Hügel wachte er auf und erblickte neben den Schienen an den kühlen Wänden gelbe Blumen, so gelb wie der Ginster draußen zur Mittagszeit.

Treppenlaufen

Zu Hause war die größte Attraktion das Treppenlaufen wie an manchen Tagen der Kindheit, allerdings meist nur in eine Richtung. Und in dem Stockwerk, in dem Julius ankam, mußte er eine Zeitlang still dastehen und sehen, wie die Eltern an ihm vorübergingen und ihn in Ruhe ließen. Sie versuchten herauszufinden, ob der Besuch bei Martin etwas in ihm bewirkt hatte. Sie riefen ihn in den Garten, wo sie sich in ihrer Übergangskleidung stundenlang aufhielten, aber Julius gesellte sich nicht zu ihnen und unterließ es, dem Vater vor dem Brombeerstrauch einen Rat zu geben wie: »Du solltest deinen Rücken schonen.« Er drehte eine Runde. Die Eltern schauten ihm nach wie einem Passanten.

Kurz vor Sommeranfang hatte Julius Lust zu schwimmen und verbrachte einen Tag im Freibad. Das große Becken wurde erst eingelassen, so daß er im knietiefen Becken für Kinder eine Weile auf- und abschwamm und später in einem leichten Nieselregen über die Wiese lief. Die Badetücher, die er mit den Füßen berührte, wurden feucht, der Rasen begann am Nachmittag zu glänzen, und über dem Bad bildete sich ein Regenbogen ... Er kehrte gar nicht mehr an seinen Platz zurück, so gut gefiel ihm das Umhergehen, begleitet vom mal nahen, mal fernen Ping-Pong-Geräusch bei den Sträuchern. Fast zufällig hob er mit den Zehen seine Sachen auf, gerade so, wie er zuvor den Kindern mit dem kleinen Finger den Wasserball zurückgespielt hatte.

Mit um die Schulter geworfenem Badetuch ging er durch die Stadt und fuhr nach Hause. Er hörte die Eltern schon von der Straße aus, da sie von einem zum anderen Ende des Gartens miteinander sprachen. Er streifte die Blätter, und der letzte Blütenstaub rieselte ihm in die Haare. Nicht weit hinter dem Haus kam er in den Wald, der stark ansteigend war und zu einer sanften Ebene führte, hinter der der nächste Wald anfing. Hier mußte er in der Kindheit die Pastellfarben gesehen haben, die ihm in den Sinn kamen, wenn er zu Hause im Sessel die Romane der Weltliteratur durchlas.

Julius ging auf geschwungenen Wegen mit Kalksteinchen und plötzlich fiel ihm die Zugfahrt durch die Flußbiegung ein, und er vermißte, daß ihm die

Sonne nicht ins Gesicht schien. Ein paar Kilometer weiter, über der Stadt, stand noch der Regenbogen vom Nachmittag in der Luft.

Der Garten der Eltern wurde ihm zu eng. Während sie am Marmortischchen beim Rhododendron die Abende genossen, begab er sich zur Ruhe, um am Morgen in aller Frühe oben auf der Anhöhe den Sonnenaufgang zu erleben. Am längsten Tag des Jahres war Julius um acht, unmittelbar nach den Nachrichten im Bett. Vor dem Fenster wurde der Abend weiß, staubig, silbern, und er fühlte sich beim Einschlafen wie als Kind.

Um halb fünf aufzustehen und sinnvolle Verrichtungen zu machen, gelang ihm nicht sofort. Dafür war er vielleicht zu konzentriert. Er holte mit zugekniffenen Augen die Post und sehnte sich nach einem Gewitter.

So war Frühaufstehen das erste, was Julius nach der Matura erlernte. Zuerst so früh wie der Vater, so daß er sagen konnte: »Mama soll ausschlafen, ich mache dir den Kaffee«, bald aber noch früher, um fünf und einige Male um vier. Ein wenig fröstelnd eilte er durch ein Meer von Tau zu der Ebene über der Häusersiedlung hoch, wo sich der Himmel, die Felder, der Wald und die Wege, auch die kleinen Bäumchen an den Kreuzungen noch nicht unterschieden. Er stellte sich hin, manchmal schlief er für Sekunden wieder ein – und in der Dämmerung entstanden kleine Lücken, über die er enttäuscht war. Und doch blieb er und lächelte sogar, wenn am Horizont ein blaßvioletter Streifen aufschien und die Felder türkisgrün wurden.

Als es Tag war, huschte er zum nächsten Waldrand. Hier war es noch kühl wie in der Frühe. Er ging im Schatten, der Weg war leicht ansteigend, und auf einmal stand er vor einem Sonnenblumenfeld. Je mehr er sich näherte, desto mehr nahm er das leichte Zittern der Stengel und das Rascheln der Blätter wahr. Es war kein Wogen wie das Wogen der Felder, das Julius' Vater mochte, es waren winzige Regungen. Und der Wind strich nicht darüber, er ging im Zickzack hindurch, von allen Seiten ein bißchen, von keiner richtig. Julius wünschte sich in den Garten zurück, und von dort die Treppe hoch zurück in sein Zimmer ans Fenster.

Er hielt sich an den Stengeln der Sonnenblumen fest und sah durch die kaum gebogenen Gänge des Feldes bis zum dunkelgrünen Waldrand.

Eine Sonnenblume schnitt er einige Fingerbreit über der Erde durch. Sie reichte ihm bis unter die Schulter, er trug sie seitlich, ohne sie anzusehen, fast hinter dem Rücken, weil sie so anders war als die Tulpen, die er als Kind zu Hause hatte anpflanzen helfen und die seither jedes Jahr blühten.

Auf dem Weg hatte Julius die Idee, die Sonnenblume seiner Mutter zu schenken, zum Dank für alles oder einfach so, ein wenig errötete er.

Es war gegen neun Uhr; Männer brachten Briefe auf die Post, Frauen gingen einkaufen, die Kinder waren in der Schule. Julius' Mutter machte den Haushalt, ein paar Häuser weiter wurde Rasen gemäht. Er sagte: »Das ist ein Geschenk.« Sie küßte ihn auf die Wange. Fast wäre die Blume umgekippt, mit der Blüte voran auf den Teppich. Er fing sie auf, die Mutter hielt die Handfläche hin, damit es nicht stiebte. »Woher hast du sie, vom Bauer, vom Selbstservice?« – »Von dort oben. Ich weiß nicht genau ...« Sie stutzte sie und stellte sie mitten im Wohnzimmer in eine Vase.

Die Mutter nahm Julius an der Hand, und sie begaben sich gemeinsam an den Siedlungen vorbei zur Anhöhe, bis vor die weiß angestrichene Kasse, in die man pro Sonnenblume zwei Franken einwerfen mußte. Der Mutter ging es nicht ums Geld und auch nicht ums Prinzip, die Münze funkelte in der Mittagssonne und blendete die beiden: Sie sahen die Landschaft abgedunkelt, wie wenn es dämmerte. Da erzählte sie von den Spaziergängen, als Julius noch in ihrem Bauch gewesen war, und wie der Vater vorsichtig die Hand auf ihn gelegt hatte.

Bald darauf klingelte es, und vor der Tür stand, senkrecht von der Sonne beleuchtet, Martin. »Laß dich umarmen!« Julius schlug es ihm nicht aus, tat aber nichts, außer ein wenig vorzutreten, so wie früher, wenn Martin ein Spiel vorgeschlagen hatte. Martin setzte sich auf seine Tasche und begann, von der Familie zu erzählen, auch zum Thema Liebe machte er Anspielungen. Er gab zu, ein Romantiker zu sein.

Martin hatte sich spontan für ein Studium eingeschrieben (Sport und Französisch). Am Morgen hatte er in der Stadt eine Wohnung besichtigt und sie gleich bekommen, vielleicht, weil er in einem der Zimmer das Fenster aufgerissen und die Läden geöffnet hatte. Er sah in den Hof hinunter und grüßte seine zukünftige Nachbarin. Die Wohnung hatte ein Zimmer mehr, als Martin benötigte, selbst wenn er in absehbarer Zeit eine Freundin finden sollte. Deshalb bat er Julius, noch heute bei ihm einzuziehen, morgen oder in einer Woche. Er müßte selbst noch zu Hause seine Sachen holen.

Es stellte sich heraus, daß es unmöglich war, Julius von etwas zu überzeugen. Er konnte nicht sagen: »Das finde ich gut, das machen wir«, er brauchte Tage, um zu antworten: »Ich habe es mir überlegt.« Hätte Martin ihm befohlen, mit ihm zu wohnen, wäre es weniger kompliziert geworden. Dann wäre Julius eine halbe Stunde später dort gewesen. Er hätte mit seiner schönen Schrift den Briefkasten provisorisch beschriftet und wäre ihn zuverlässig leeren gegangen.

So aber rief Martin Mitschüler von früher an, die er eigentlich schon vergessen hatte. Die meisten waren in den Ferien. Einer hätte das Zimmer sofort genommen, wenn es billiger gewesen wäre. Julius' Eltern fanden die Idee hervorragend, aber Julius gab zu bedenken: »Wie schaffe ich die Möbel in die Stadt und die Bücher, die auch nicht leicht sind?«

Ganz langsam, über Wochen hinweg, wurde er immer begeisterter, während sich die anderen zu fragen begannen, wie er sich sein Leben vorstellte. Die Mutter traf im geheimen Martin und fand erst jetzt den genauen Preis heraus, der vertretbar war. Sie aßen Vermicelles in einem Tea-Room.

Julius hatte den ganzen Tag am Waldrand gelesen, nun erzählte er halb von dem Buch, halb von den großen weißen Wolken über den Feldern. Wie er einmal den Pullover ausziehen, einmal wieder anziehen mußte, je nachdem, ob die Sonne zwischen den Wolken hindurchschien oder nicht. Auch von den Joggern erzählte er. Und von den Reitern, die der Vater nicht mochte, weil sie ihm zu hochnäsig waren.

Die Mutter war beglückt, daß Julius so lebhaft war. Und je mehr es Herbst wurde, desto lebhafter wurde er. Er ging mit den kleinen Kindern aus der benachbarten Siedlung Fußball spielen. Die kühle Luft strich ihnen durch die Haare und über den schon länger nicht mehr gemähten Rasen, und Julius schlummerte unter den Rufen der Kinder für einige Minuten ein und spielte danach schlaftrunken weiter, bis von überallher die Eltern zum Abendessen riefen.

Freunde

Hatte Martin etwas zu erledigen – Julius begleitete ihn. Das war das Neue in seinem Leben. Er erwartete vom Morgen an die Stimme und die Schritte seines Mitbewohners, und manchmal öffnete er noch nachts die Tür, um ihn nicht zu überhören. Martin konnte genausogut um sieben wie um zehn oder elf aufstehen, je nach Stundenplan, und fast immer hatte er Zeit, für beide ein Frühstück zu machen. Er sagte: »Jetzt brauche ich eine eiskalte Dusche, und ich werde ein neuer Mensch sein.« Julius stellte die Sachen zurück, im Bad sang Martin verschiedene Lieder durcheinander, und am Schluß kam er das Tischtuch abwischen.

Normalerweise wußte Julius, wohin er Martin begleitete, vor allem, wenn er zur Vorlesung ging bzw. Praktikum auf der Sportanlage hatte, und oft erkannte er Mitstudenten wieder, die Martin noch gar nicht aufgefallen waren. Mußten sie auf ein Amt oder in ein

Geschäft, fragte er selten nach. Sie kamen dann in halbverlassene Viertel, wo Martin aber die Gebäude schon zu kennen schien. Mal war ihm eine bestimmte Farbe ausgegangen, mal wollte er sich ein altes Klavier kaufen, weil er die Musik vermißte. Julius verschwand nach kurzer Zeit hinter einem Regal oder fand einen Nebenraum, aus dem er in einen leeren Innenhof hinunterschaute.

Wie sehr er es mochte, von Martin zu hören: »Es hat geklappt, komm, wir gehen etwas trinken!« Nun war es an ihm, in der Stadt ein Café zu finden, weil es ihm nicht überall gefiel. Manche Lokale verließen sie wieder, weil sie Julius zu schmuddelig waren. Wenn ihm eines gefiel, so sah er sich darin ausführlich um und freute sich, während Martin überall Frauen entdeckte, die er gern angesprochen hätte.

Abholen durfte er ihn meistens nicht, denn Martin wollte am Abend vor den Vorlesungssälen und den Garderoben auf seine Mitstudentinnen warten. Es dauerte nicht lange, bis er die erste nach Hause brachte. Julius zog sich in den Lesesessel zurück. Als er sich später in der Küche etwas holte, baten sie ihn, zu bleiben. Er drehte sich ein paarmal vor den Schränken, Martin nannte ihn seinen besten Freund. Seine Mitstudentin fragte, warum er so ernst sei. Julius öffnete das Fenster, und es schneite kurz herein, er entschuldigte sich: »Ich habe mich schon daran gewöhnt, daß nicht Winter ist, daß man im Pullover sein kann und keine Jacke braucht.« Das Mädchen sah er Martin zuliebe nicht an. Er beobachtete, was in den erleuchteten Wohnungen im Block gegenüber passierte.

Die Frage am nächsten Morgen war, ob er mit den beiden mitgehen konnte, da sie sich nun schon vor seinen Augen küßten. Er beschloß, einfach zu Hause zu sein und wie seine Eltern die Ruhe zu genießen. Am Ende war er mehr auf den Beinen, als er gedacht hätte; er wanderte von Zimmer zu Zimmer, jenes von Martin nicht auslassend, und verrückte Möbel und Gegenstände und wusch von neuem ab, wenn er eine Tasse ausgetrunken hatte. Auf dem Tisch lagen noch die Zigaretten von Martins Besuch, und Julius legte auch diese an verschiedene Orte. Später nahm er sich eine und zündete sie auf dem Balkon im Schneetreiben an.

Statt Martin zu begleiten und die Zeit bis am Abend in Parks und auf Plätzen zu verbringen und sich zufällig doch noch der Universität zu nähern, begann Julius, bei sich im Zimmer am Fenster zu sitzen. Dazu hörte er Radio, meistens den Sender mit der klassischen Musik und den langen Diskussionen, und er überlegte sich, was nun der Unterschied zum Leben bei den Eltern war. Aus dem Radio kamen an einem Tag mehr Wörter, als er zu Hause in einer Woche vernommen hatte … Ja, selbst im Fernsehen war hin und wieder kaum geredet worden, wenn Julius im TV-Programm eine Sendung gefunden hatte, gegen die für alle drei nichts einzuwenden war.

Jetzt, gegen Ende des Jahres, sagte Martin plötzlich nach einem anstrengenden Tag: »Warum bist du so kalt zu mir, habe ich das verdient? Ich möchte, daß wir offen miteinander reden, immerhin wohnen wir zusammen.« – »Ich versuche bloß, mein Leben würdig zu leben.« – »Dann sieh dich mal an!«

Das war Martin danach so peinlich, daß er auswärts übernachtete, obwohl Julius gar nicht beleidigt war. Er blieb jedesmal, wenn er im Gang vor dem großen Spiegel vorbeikam, stehen: »Ich bin Julius. Was kann man tun, damit man sich noch besser kennenlernt?«

Martin kehrte gegen Abend zurück mit einem Grüppchen von Freunden und Bekannten. Julius fuhr fort, in der Nähe des Spiegels zu blinzeln, die Gäste kreuzten sich wie auf einer Party. An der Tür klingelte es, und es kamen weitere dazu. Julius nahm ihnen die Jacken ab und ging mit ihnen umher, unter anderem in sein Zimmer. Es gefiel ihm, wie sie sich auf den Boden setzten und zufrieden waren, und wie sie ihn danach fragten, wo er aufgewachsen sei und was er studiere.

Ein- oder zweimal ging Martin am Bahnhof Getränke nachkaufen, so daß Julius zwischenzeitlich allein der Gastgeber war. Er bat ein Mädchen, das ihm aus dem Treppenhaus zuwinkte, noch zu bleiben, weil Martin sonst enttäuscht sein würde. Sie zog den Mantel wieder aus und wartete etwas empört, bis er zurück war. Julius schob ihr seinen Sessel hin. Er gab ihr die Hand. »Bist du müde?« fragte er sie. Sie schüttelte den Kopf: »Ich möchte nur für mich sein.«

Er sah im Hof Martin und rannte hinunter, um ihm beim Tragen zu helfen. Sie legten die Einkaufstaschen in den Schnee und umarmten sich zum erstenmal im Leben innig (als Martin während der sechsten Klasse aus Julius' Siedlung wegzog, hatten sie sich zwischen den Häusern die Hand gegeben). Große Schneeflocken waren über ihnen in der Luft, aber sie erinnerten sich an jene warmen Tage, an denen Julius ein wenig länger zum Spielen geblieben war. Er war mit steifen Schritten den Bällen nachgeeilt, die Martin aus Ecken, aus Büschen, unter Bäumen hervorholte. Die Pullover, mit denen sie die Tore markierten, schlangen sich um Julius' Füße, und er stolperte: absichtlich, damit der Unterschied zu Martin bestehen blieb, und doch hilflos. Danach, wenn die Mutter ihn gewaschen hatte und er sein Gesicht schräg aufs Kissen legte, war es draußen bis um elf Uhr hell.

Nichts kannte er von seiner frühen Kindheit an besser als die Dämmerung, keine Geschichte, keine Farbe, keine von den leuchtenden Blumen. Nicht einmal die weichen Worte des Vaters, wenn sogar die Mutter streng wurde.

Die meisten brachen um Mitternacht auf, es war ja unter der Woche. Martins Bekannte war in Julius' Sessel eingeschlafen. Sie war halb zur Seite, halb vornüber geneigt, und ihre langen hellen Haare hingen ebenmäßig neben dem Sessel hinunter. Sie glich einer Frau in einem nächtlichen Zug, die nicht wach bleiben konnte und an der man möglichst vorsichtig vorbeigeht. Julius' Anwesenheit im Zimmer schien sie jedoch nicht zu stören. Er knipste das Licht an, er nahm Bücher hervor. Beim Blättern begann sich ganz leicht ihr Haar zu bewegen. Später goß er die Pflanze, die ihm die Eltern mitgegeben hatten. Auch das Geräusch des Wassers und der Erde und der kleinen Blätter, die auf den Teppich flatterten, weckte sie nicht.

Er holte Martin und zeigte ihm die Schlafende. Martin sagte, er würde sie in die Arme nehmen und sanft ins Bett hinübertragen, wenn er Julius wäre. Er dankte ihm. Sobald Martin singend die Tür geschlossen hatte, versuchte er es. Sie war so feingliedrig, daß er sie fast ohne Anstrengung aufs Duvet legen konnte. Er machte mit den Händen Schatten vor ihrem Gesicht, sie lächelte kurz, und atmete still weiter.

Julius versuchte, auf der Bettkante ein Buch zu lesen. Mehrmals glitt es hinunter, und er mußte es auffangen. Bis ins letzte Steinchen wurde eine Landschaft beschrieben. Und obwohl er die Hälfte der Sätze übersprang und teilweise nicht einmal die angefangenen zu Ende las, sah er eine vollendete Landschaft vor sich, so, als würden die Pastellfarben zu leuchten anfangen.

Er ging fröstelnd in der Wohnung umher. Aber er mußte in ihrer Nähe sein. Mit einer Handbewegung, die ihm nun schon vertraut war, spendete er ihr Schatten. Sie flüsterte: »Du hast mich geweckt. Ich träumte.« Vor Schrecken sagte er: »Soll ich dir vorlesen? Ich habe da ein sehr schönes Buch. Vielleicht kannst du so einschlafen, und ich auch.«

In den Berührungen war sie schamhafter als der unerfahrene Julius. Er machte ohne zu überlegen Dinge, die er auf der Straße bei Verliebten beobachtet hatte: das Mädchen auf den Hals küssen, statt auf den Mund, oder: ihr die Kleider so schnell ausziehen wie im Film. Als er glaubte, sie verführt zu haben, war sie plötzlich wieder angezogen. Jetzt sollte er ihr vorlesen, erst jetzt. Er verlas sich in jedem Satz – und irgendwann hatte er sie tatsächlich verführt, und sie ihn, indem sie ihm das Buch wegnahm, etc.

Es wurde eine Liebesnacht mit der nötigen Fremdheit am Morgen danach. Mit dem richtigen durch die Fenster scheinenden weißen Licht. Verzagt streiften sie sich. Dankbar tranken sie den Kaffee, den Martin für sie zubereitete. Er sprach sie an wie ein Paar.

Martin ging laufen, Julius holte ihn ein, er wollte

nicht allein sein. Er lief im Wintermantel mit. Manchmal pausierte er auf einer Bank – und wurde freundschaftlich ausgelacht. Später begleitete er Martin in die Bibliothek (der benötigte Literatur für ein Referat). Sie gingen schweißüberströmt die langen Regale entlang, ließen sich zusätzlich Bücher bringen und sagten: »Danke, das brauchen wir, das brauchen wir nicht.«

Am Abend fuhr Julius nach Hause, um der Mutter von dem Glück zu erzählen. Doch sie sah es ihm an. Sie betrachtete den Sohn von allen Seiten, und er durfte schweigen.

Martin war kein sonderlich engagierter Student. In seinem Hauptfach, Sport, gehörte er deshalb zu den Besten, weil es für ihn wie ein lockeres Training war. Die Theorie, etwa: »Was ist Muskelkater?«, fand er hilfreich, und wenn Skizzen von bestimmten Bewegungsabläufen vorgelegt wurden, probierte er sie im Hörsaal aus.

Am meisten mochte Martin die Feiertage während des Semesters, sie erinnerten ihn an die Pfadfinderzeit. Einmal fuhr er über Pfingsten zurück in die Ostschweiz, um wie früher ein Lager mitzuleiten. Julius, der schon als Kind Feiertage der Schule nicht unbedingt vorgezogen hatte, begleitete Martin an den Bahnhof. Am Treffpunkt versammelten sich verschiedene Abteilungen von Pfadfindern und sangen zur Begrüßung in großen

Kreisen ihre Lieder. Martin hatte ein einziges Pfingstlager erlebt, das nicht verregnet war, und ausgerechnet das war das langweiligste gewesen … Julius hörte sich den Wetterbericht an und konnte sich etwas darunter vorstellen.

Eine Enttäuschung war für Martin das Nebenfach, Französisch. Er hatte es gewählt, weil er Französisch schon in der siebten, achten Klasse recht fließend sprach, während eines Meetings in der Romandie hatte ihn eine Verehrerin gefragt, ob er zweisprachig sei. Im Studium nun war Sprechen das eine, das andere die wissenschaftliche Arbeit. Er begriff bald, daß man sich zunächst möglichst viel Literatur ausleiht. Im Unterschied zu den meisten Mitstudenten, die ihm rieten, in den Büchern nur zu blättern, las er sie von vorne bis hinten durch und genoß die Schönheit der Sprache. Was sollte er darüber schreiben? Nicht, daß ihm das alles nichts sagte.

Aber sobald er vor dem Computer saß, wurden ihm die Augen schwer. Das wiederholte sich tagelang, morgens, nachts, und ungefähr für eine Woche war Julius aktiver als er: Er kaufte ein, er grüßte im Treppenhaus die Leute. Er besuchte Museen. Ein paarmal rief Martin ihn zu sich: »Ich bin kurz vor dem Verzweifeln, komm, wir gehen spazieren!« Nach einer Viertelstunde sprang er über Zäune und flirtete auf dem Spielplatz mit einer Mutter, indem er ihrem Kind auf die Schaukel half.

Zu Hause, als er sich wieder an die Arbeit machte, sah Julius, wie Martin einschlief. Und da Julius nichts mehr zu lesen hatte, nahm er eines der aufgeschlagenen Bücher und schaute die Anstreichungen darin an. Später nahm er ein zweites und ein drittes und die übrigen Unterlagen und trug alles in sein Zimmer hinüber.

Julius las in den Büchern etwa so, wie er den Eltern im Garten geholfen hatte: mit langsamen Bewegungen, nicht ganz anwesend, auch nicht ganz zerstreut und ein paarmal pro Tag in heller Freude, die ihn traurig machte, weil er sie nicht zeigen konnte.

Martin klopfte bei ihm an und sagte: »Es will einfach nicht«, ohne zu fragen, warum seine Materialien auf einmal bei Julius lagen. Zur Veranschaulichung hob er ein beliebiges Buch vom Boden auf, las einen Absatz daraus vor und warf es auf ein Kissen.

Julius ließ sich zu weiteren Spaziergängen überreden, aber nachdem sie einmal das Haus umrundet hatten, sagte er, ihm reiche das. Martin entdeckte im Hof die Teppichstange und turnte daran eine Übung, während Julius sich mit seinen langen Schritten entfernte.

Die erste Arbeit, die er für Martin schrieb, behandelte die Leidenschaften in der französischen Tragödie. Die Formulierung des Themas hatte er in Martins Agenda gefunden, die er für Notizen verwendete. Als Martin einen Termin nachschlagen wollte, gab Julius ihm die Agenda mit den Worten zurück, er hätte mittlerweile alles im Kopf. Das war das meiste, was die beiden zueinander sagten. Vielleicht mußte noch am Computer etwas umgestellt werden. Dafür war Martin zuständig.

Fast kannten sich die beiden in dieser Zeit nicht mehr. Julius vergaß, ob Martin zu Hause war oder nicht, ob er, wenn sie sich im Flur begegneten, gerade kam oder ging … Und als er mit der fertigen Arbeit in den Händen vor Martins Tür stand, war plötzlich alles wie in der Kindheit: Er wartete mehrere Minuten, ohne sich verlautbar zu machen.

Früher wäre er lautlos die Treppe hoch- und runtergelaufen, hier gab es keine. Schließlich öffnete Martin und fuhr ihm durch die Haare! Und ob das nun die Geste eines Freundes oder eines Sportlers war – Julius war so gerührt, daß er wegsah. Den ganzen Tag trugen sie die Bücher in einem großen Rucksack durch die Stadt und hatten sie bis zum Abend noch nicht in die Bibliothek zurückgebracht.

Die Arbeit wurde positiv bewertet. Allerdings fragte der Professor, warum Martin das Thema stellenweise so unglaublich detailliert behandelt hätte, bis zur Pedanterie und bis zur Verfälschung der Tatsachen, und schon auf der nächsten Seite in derart allgemeinen Sätzen, beinahe in Sprichwörtern. Wie in Wellenbewegungen schwanke seine Arbeit ständig hin und her …

Martin verließ das Institut wie ein Schüler: hinaus auf den von der Sonne überfluteten Platz vor der Universität, wo er mit Julius verabredet war, der sich weiß angezogen hatte wie ein Tennisspieler. So endete Martins erstes Studienjahr.

Eine Kerze für Martins Großtante

Aus dem Garten zu Hause kannte Julius den Sommer als eine Zeit, die schneller vorbeigeht als andere. Kaum war Anfang Juli, und kaum hatte man an einem Schattenplatz den heißesten Tag des Jahres verbracht, kam schon der staubige 1. August, und dann ging es auf den 28. zu, an dem sein Lehrer immer gesagt hatte: »Wir feiern heute Goethes Geburtstag.«

Hier, auf dem Balkon, stellte niemand eine Woche nach der Sonnenwende fest, daß es früher dunkel wurde, und die weite Rasenfläche im Hof blieb nicht sattgrün, sondern verfärbte sich gelblichbraun und wurde karg. Es gab Frauen in der Nachbarschaft, die sich bunte Gewänder überzogen, Kinder, die zu Nachmittagsschläfchen in verdunkelten Zimmern gerufen wurden, und laut durch die Siedlung pfeifende Männer in Unterhemden.

Zu Hause war der Sommer, einem schönen, warmen Wind ähnlich, durch den Garten gezogen, hier stand er wochenlang unverändert zwischen den Blocks oder, wenn man die Wohnung verließ, auf den Plätzen der Stadt. Der Schatten war nicht fleckenartig verstreut wie früher im Garten. Er verdunkelte am späten Nachmittag den ganzen Hof. Julius beobachtete, wie Kinder ihr Zelt abbrachen und in die Sonne verschoben, weil ihnen zu kalt wurde.

Manchmal beobachtete er die Schattenlinie so lange, bis sie sich im Abendlicht auflöste und der Rasen, die Häuser, die Bäume von selbst leuchteten. Dann konnte er aufstehen und schwimmen gehen, den Leuten entgegen, die das Freibad gerade verließen. Nach dem Schwimmen hatte Julius noch mehr als in der Kindheit nach dem Spielen das Gefühl, sein Tagwerk sei vollbracht. Und wenn Martin es schaffte, ihn bis Mitternacht, bis ein und zwei Uhr nicht schlafen zu lassen und sentimentale, sommerliche Gespräche mit ihm zu führen, strahlte Julius über das Lob, das er dafür bekam.

Martin trainierte auf der Sportanlage der Universität selbständig Zehnkampf. Julius schaute ihm oft von einer kleinen Tribüne aus zu und applaudierte hin und wieder. Am meisten mochte er es, wenn Martin Runden lief und ihm zuwinkte.

Einmal sprang er über den Zaun und schloß sich

ihm für ein paar hundert Meter an. Aber bald lief er in einer Kurve geradeaus und rannte schweigend davon. Da legte sich Martin ins Gras und riß Kleeblätter und Margeriten aus. Er machte ein Sträußchen und brachte es einer entfernt bekannten Studentin am anderen Ende des Sportfelds beim Stabhochsprung. Sie stand, in stillem Jubel, auf der orangefarbenen Matte. »Ist es dein persönlicher Rekord?« Sie öffnete die Augen. Er überreichte ihr das Bouquet. »Fast, ja«, sagte sie, und Martin fand: »Das müssen wir feiern!«

Er trug ihr den Stab zu den Garderoben, sie zog sich im Gehen mit einer Hand die Schuhe aus, mit der anderen hielt sie seine Blumen. Sie sahen sich in der Fensterfront der Turnhalle gespiegelt. Sie tauschten keine vielsagenden Blicke, sie neckten sich nicht. Bestimmt eine halbe Stunde sprachen sie darüber, wer in der Leichtathletikszene wen kennt, und jedesmal, wenn sich eine gemeinsame Bekanntschaft herausstellte, lachten sie herzlich. Alle waren irgendwie mit allen verbunden.

Obwohl sie sich schon verabschiedet hatten, wartete Martin im Korridor auf Regine – so hieß sie – und bereitete überschwengliche Komplimente vor. Doch er entschied sich anders, er wollte ihr erst am nächsten Tag wieder begegnen. So hatte es ihm sein Vater beigebracht: man müsse die Kunst beherrschen, nicht zu viel zu unternehmen …

Regine war wieder da. Sie machte ihre Sprünge weiterhin für sich, Martin jedoch machte seine Übungen alle für Regine. Sie spürte es und wußte es zu schätzen, verließ das Gelände aber vor ihm. Er sagte: »Wenn ich dich beim Trainieren ablenke, warte ich gerne auch auf dem Parkplatz auf dich oder unten an der Kreuzung. Wenn ich dich nur sehen kann.«

Ihr fielen die halblangen braunen Haare ins Gesicht, es war bewölkt, aber warm, und sie setzte sich ins Gras. Sie konnte nicht glauben, daß ihr auf einmal jemand so eindringlich in die Augen schaute. Seit längerer Zeit, erzählte sie, traf sie sich nur einmal pro Woche mit einer Freundin. Fünfmal pro Jahr war sie bei den Eltern. Sogar Ausflüge machte sie am liebsten allein. Regine wirkte so besonnen, daß selbst die interessiertesten Männer sie an Bahnhöfen auf der Rolltreppe davonziehen ließen, ohne ihr durch die Menschenmenge zu folgen.

Der erste gemeinsame Spaziergang von Martin und Regine fing mit den Sporttaschen an. Die deponierten sie bald in einem Schließfach. Sie stellten beide ein paar weitere Fragen zur Leichtathletik, bis es offensichtlich genug war. Dann fanden sie auf einer Brücke auf dem Trottoir einen Reisepaß. Sie hoben ihn gemeinsam auf und blätterten darin. Es war, als müßten sie gar nichts mehr tun. Ein Wind wehte ihnen entgegen, sie spekulierten ein bißchen über die Person, einen Rumänen, mit einem zarten Gesicht und einem sehr traurigen Blick. »Von fern erinnert er mich an meinen Mitbewohner Julius.« – »Aber wie kann man nur seinen Paß verlieren, das ist doch schrecklich.« – »Du hast recht, es ist schrecklich.«

Sie schwiegen und schlugen die Seiten mit den Stempeln und die leeren grünen Seiten auf, die etwas Poetisches hatten. Es war wie gemeinsames Lesen. Martin und Regine küßten sich, als sie den Paß im Fundbüro abgegeben hatten. Und weil sie sich gestört fühlten, begaben sie sich zu den Gleisen in den Zuglärm.

Wo sie hinkamen, passierte etwas. Sie wurden Zeugen eines leichten Autounfalls, halfen den Fahrern beim Aussteigen und beruhigten sie, lange bevor die Polizei da war. Überall waren Touristen, die von ihnen fotografiert werden wollten. Einmal bat man sie sogar, mitzuposieren, und sie waren wie bescheidene Stars.

Im Freibad, an einem der letzten milden Herbsttage, tauchte Julius vor ihnen auf. Er kannte Regine schon aus Martins Schilderungen und sprach mit ihr ohne Hemmungen. Trotzdem schweifte sein Blick ständig zum Abendhimmel hinter ihr und zur Birke über den Badetüchern. Und Martin war vor Glück so zurückhaltend, daß man die drei beim Planschen im Becken genau beobachten mußte, um zu merken, wer der Verliebte war.

Bald darauf starb in der Ostschweiz eine von Martins Großtanten. Regine, die gerade seine Freundin wurde, wollte er damit nicht belasten. So bat er Julius, mit ihm zur Beerdigung zu fahren.

Julius kam in einem Anzug seines Vaters und war erstaunt, daß Martin mit keinem Wort darauf einging. Während der drei Stunden im Zug sprach Martin wiederholt mit einem kleinen Mädchen. Er weinte beinahe mit, als es sich wehtat, und gab dem Mädchen einen Kuß auf die Stirn. Julius konnte keine Gefühle zeigen. Er blätterte in der Eisenbahnzeitschrift und las sie nach und nach von hinten bis vorn durch.

Die Fahrt zu dem Ort nahe der österreichischen Grenze ging im Postauto weiter. »Ich sehne mich schon jetzt nach Regine. Ich glaube, sie ist die Frau meines Lebens.« Martin öffnete das Fenster und teilte es ihr in die Septemberlandschaft hinaus mit: »Wo bist du, was tust du, was denkst du? Es nimmt mich so wunder!«

Als sie ausstiegen, läuteten vom Kirchturm in der Dorfmitte her schon die Glocken. Aus den Bauernhäusern, aus dem Gasthof, aus dem Laden, dem Feuerwehrhaus, dem Polizeiposten, der Verwaltung kamen die Leute heran. Die einen mit Regenschirmen, denn hinten im Tal regnete es, andere, vor allem alte Frauen, aber auch einige junge, in Sonnenhüten.

Julius wurde von Martins Familie sehr herzlich begrüßt, man fragte ihn, wie es ihm und seinen Eltern gehe. Er kam gar nicht dazu, ihnen zu kondolieren. Nach einer Weile standen alle wieder für sich da und wurden vom warmen Herbstlicht beschienen.

Während der Trauerfeier öffnete sich im als Himmel bemalten Gewölbe der Kirche ein Fenster, und es flog ein Sperling herein. Der Pfarrer ließ ihn in seine Rede einfließen, und durch die Gemeinde ging ein Lachen, ein Lächeln, ein Schweigen. Dieses plötzliche helle Strahlen auf Gesichtern und den ebenso schnellen Übergang zurück zu einem anderen Thema kannte Julius nur von Martins Familie. Hatten Julius' Eltern einmal etwas zum Lachen gefunden, so lachten sie darüber den ganzen Abend oder, wenn es mittags war, den ganzen verbleibenden Tag. Der Vater konnte vor Belustigung ein Werkzeug in die gelockerte Erde fallen lassen.

Nach den Enkelkindern der Verstorbenen hielt Martin eine kurze Ansprache als Vertreter der entfernt Verwandten. Er schilderte, wie seine Großtante mit den Kindern zu den Obstbäumen gegangen sei und alle der Reihe nach auf die Äste hochgehoben hätte. Wie sie die Kinder gegen den launischen Bauern verteidigt hatte und wie dieser jeweils kapitulierte, wenn sie ihm sagte, er solle nicht so tun. In der Nacht waren die Kinder auf einmal alle bei ihr im Bett gewesen, so, wie sie zuvor auf dem Baum gesessen hatten. Sie schliefen bald wieder ein, und die Großtante verteilte sie, jedes nach seiner Größe, in den verschiedenen Betten. Und eines oder zwei ließ sie bei sich.

Julius blieb in der Kirche, denn er hatte neben dem Ausgang den Ständer mit den vielen Lichtern entdeckt. Durch die dünnen farbigen Scheiben hörte er die Stimme des Pfarrers und die viel leiseren Stimmen der Angehörigen draußen auf dem Friedhof. Er zündete für Martins Großtante eine Kerze an.

Im Restaurant hatte er Mühe, den sanften Blick und das stille Trinken der Leute zu verstehen. Man ging mit den Gläsern von Tisch zu Tisch, nur im engsten Familienkreis blieb man sitzen. Martins Mutter stieß mit ihren Cousins an, Martin mit deren Söhnen und Töchtern, für seinen Vater fand sich der Pfarrer, mit dem er ein Gespräch über die Restaurierung der Orgel führen konnte.

Zu essen gab es Wild. Diejenigen, denen es reichte, zu trinken, gaben ihre Teller an die Hungrigen weiter. Julius wurde immer wieder nachgeschenkt, bis er ein wenig die Scham vor den Angehörigen verlor. Martin nahm ihn mit zu anderen Tischen, quer durch die knarrende Gaststube, und sie lachten über die komplizierten Verwandtschaftsverhältnisse. Immer fand sich jemand, der den anderen bei einem bestimmten Anlaß schon einmal gesehen hatte, als er noch klein war.

Julius bedauerte, hier nicht dazuzugehören, und doch sagte er fast fröhlich zu den Leuten: »Ich kenne nicht so viele Menschen wie Martin. Bei uns ist es normal, alles allein zu tun, und nur selten etwas zusammen.« Er wiederholte dies an mehreren Tischen, und Martin sagte zu seinen Eltern: »Hört mal, was Julius sagt!«

Während die Einheimischen an den nächsten Tag und die Gäste an ihre Rückreise zu denken begannen, wurde Julius redselig. Martin machte ihm von der Tür aus Zeichen, er solle sich verabschieden, über dem Tal dämmerte es schon. »Nicht so hastig, wir trinken hier noch aus!« Martin wurde nervös, jeden Moment würde das letzte Postauto fahren, er kam zu Julius und sagte: »Regine erwartet mich, sie wird meine Frau werden, sie hat Priorität.«

Man hatte nichts gegen ihn, man schickte ihn ja nicht weg, dachte Julius, und er antwortete Martin: »Schau, im Notfall übernachte ich hier, das ist ja ein Hotel.«

Martin hatte keine Geduld mehr. Er winkte ihm zwar noch einmal durchs Fenster zu, aber mittlerweile war es Nacht geworden.

Julius sah vor sich am großen Tisch die Gesichter der Söhne und Töchter der Verstorbenen, und, etwas weniger vorgebeugt, die Zugeheirateten und, noch ein bißchen weiter hinten, die Generationen der Kinder. Eine Enkelin, jünger als er, war hochschwanger. Sie verteidigte Julius, als ihr Angetrauter einen Spruch machte. Ein älterer Mann schlief fast, eine Frau war unmutig, eine andere nahm ihr Kind auf den Schoß. Ein Mann bestellte mit einer Handbewegung ein paar Schnäpse.

Julius merkte, er beleidigte niemanden. Vielleicht tat er nichts Gutes, vielleicht verstieß er gegen die Regeln. Aber es war ein anderes Gefühl, als wenn er nach Hause kam und sein Vater und seine Mutter ihn nacheinander auf dem Teppich begrüßten. Selbst wenn sie ihn umarmten. Und anders als hier war das Gefühl auch auf dem Badetuch vis-à-vis von Martin und Regine gewesen. Obwohl ihnen dort von so nah die Sonne ins Gesicht geschienen hatte.

Und so sagte Julius den Leuten nicht auf Wiedersehen, sondern er dankte ihnen. Sie akzeptierten seinen Dank, weil sie sahen, daß er angetrunken war, und baten die Kellnerin, ihm ein Zimmer zu geben.

Er erwachte im Glockenläuten. Dieselben Leute gingen in der Früh schon wieder in die Kirche. Diesmal schlich Julius sich an der Friedhofsmauer vorbei, und wer ihn noch einmal sah, der nickte ihm trocken zu. Die Sache war abgeschlossen. Von den halbstündlich fahrenden Postautos ließ Julius die Hauptstraße entlangtrottend mehrere aus. Zuletzt wartete ein Chauffeur in einer Kurve zwischen zwei Haltestellen auf ihn, denn er kannte ihn noch von gestern.

Mamo, Mamo!

Martin wohnte vorübergehend bei Regine. Alle paar Tage brauchte er etwas und erschien unten im Hof. Dann ging Julius im Treppenhaus einen Stock höher und hörte von den Stufen aus zu, wie Martin die Wohnung betrat. Der ließ die Tür offen, und Julius kehrte in den Socken in die Wohnung zurück.

Er entdeckte für sich den Winter.

Auf dem Trottoir setzte vor seinen Augen der Schnee an. Von seinem Fenster aus schaute er in das weiche Grau im Himmel über und hinter den Schneeflocken, aus dem kleinen Fenster im Bad sah er, wie der Schnee auf den Tannen zu schwer wurde und auf die spielenden Kinder hinunterfiel. Auf dem Balkon verwandelten sich die Schneeflocken in Regentropfen, und er streckte die Hände nach ihnen aus. Nach einer Weile begannen die Tropfen, langsamer zu fallen, zu schweben – und wurden wieder zu Schneeflocken.

Martin überlegte lange, was er tun sollte, um sich mit Julius zu versöhnen. Regine lud ihn zur Silvesterparty ein. Er bedankte sich, ohne sofort zu verstehen, daß sie sowieso da stattfand, wo er wohnte. Während ab dem späten Nachmittag die ersten Gäste eintrudelten, lag Julius bei sich auf dem Bett. Jemand hatte einen Kehrichtsack voll Verkleidungsstücke dabei und fragte, ob er sich bei ihm umziehen dürfe, im anderen Zimmer seien schon die Frauen.

Martin und Regine kamen als Flamencotänzer. Die unterkühlten Gesichter, die dazu gehörten, brachten sie nur zustande, wenn sie sich absprachen. Andere kicherten. Julius nahm im Vorbeigehen neue Gegenstände aus dem Sack: verschiedene Perücken, eine Clownnase, einen Schnurrbart zum Aufkleben, eine kleine Trompete aus Plastik.

Regine hörte Julius gerne reden, es beruhigte sie. Martin, nicht von ihrer Seite weichend, hörte mit, wie Julius den Winteranfang im Hof schilderte. Er hielt die aufmerksame Regine umschlungen. Julius gegenüber blieb er distanziert, so wie der Spanier, den er spielte. Und dann vergoß er urplötzlich eine Träne. »Wahrscheinlich, weil er mein Freund ist«, erklärte er Regine, die über ihn lachte und sagte: »Es ist ja gut!«

Unter den Gästen war auch die Blonde von damals, verkleidet als »Unbekannte«. Ihr einziges Requisit war eine venezianische Maske, die ihr einige Male verrutschte, was sie allerdings nicht weniger interessant machte. Julius bot sie zum Tanz auf. Da die Musik unpassend war, standen sie mehrere Minuten einfach in der Mitte des Raumes, nicht einmal die Hüften bewegten sie. Die meisten dachten, das müsse so sein. Sie zog sich zurück und kauerte sich auf seinem Sessel zusammen.

Auf dem Balkon zählten alle die Sekunden bis zum neuen Jahr. Aus der Stadt waren gedämpfte Rufe zu vernehmen. In Julius' Kindheit waren die Silvesterfeiern fast ebenso still gewesen wie Heiligabend. An Weihnachten brannten im Haus nur ein paar Kerzen (der Vater hatte als Kind erlebt, wie ein Christbaum Feuer fing), und bis tief in die Nacht hinein brannte kein Licht nieder, da die Eltern die Kerzen immer wieder auswechselten, auch während sie sangen oder Julius beim Öffnen eines Geschenkes zuschauten. Eine Woche später, an Silvester, war das Haus von Lampen ausgeleuchtet, und die lautesten Geräusche kamen von den Papierhüten, den Zauberstäben und von der Alufolie, aus der die Mutter Ringe und andere Verzierungen machte. Und oft waren die drei schon vor Mitternacht müde und saßen mit dem Schlaf kämpfend auf dem Sofa, während es an Weihnachten immer eine anhaltende Geschäftigkeit zwischen dem Bäumchen, der Küche und den ausgepackten Geschenken gegeben hatte.

Martin und Regine zogen ihre Flamenco-Verkleidungen aus und tanzten nun in häuslicher Aufmachung zu Balladenmusik über das Parkett. Julius schlich sich ins Zimmer und schloß von innen ab. Er trug die fremde Schönheit wie beim letzten Mal zum Bett hinüber. Sie erwachte. Der Mond schien hinein, Julius zeigte auf den Lichtstrahl. Sie rückte sich die Maske zurecht.

Er stützte sich neben ihr mit dem Ellbogen auf. »Darf ich dich hier berühren, hier, hier und hier?« – »Wenn es sein muß. Eigentlich sollte das doch von selber entstehen. So ist es irgendwie unnatürlich.« – »Ich meinte es nicht böse. Ich dachte, du würdest es mögen, so wie ich.«

Er lag so lange reglos da, bis sie ihn fragte: »Kommt es dir nicht in den Sinn, mich zu küssen?« Er antwortete: »Vielleicht ist es eben wirklich nicht das Vernünftigste.« Sie vergrub das Gesicht im Kissen. Julius glaubte, ihr sei nicht gut, und er ordnete ihre Haare.

Sie wollte gehen. Als sie sich aufrichtete, begann er, weil er die Hand nicht wegziehen konnte, ihren Rücken zu streicheln. Sie blieb überrascht liegen und hörte auf zu weinen, ohne daß Julius etwas davon erfahren hätte. Nach einer gewissen Zeit drehte sie sich zu ihm. In dem silbrig erhellten Raum entstand ein graziöses Liebesspiel.

Als er ihr im Morgengrauen auf die Schulter tippte

und sie »Prinzessin« nannte, wurde sie aus der Erschöpfung heraus mit einemmal abweisend gegen ihn. Das war neu für Julius: War er früher manchmal von Mädchen ignoriert worden, so eher deshalb, weil sie fanden, er sei nicht auf sie angewiesen. Das war noch beim Zelten am See so gewesen. Wenn seine Klassenkameraden mitten in der Nacht Nähe brauchten, so hatte er sich durch den tauigen Sand zum Schilf begeben.

Die »Unbekannte« sprach am Morgen wieder mit ihm, sie diskutierten. Er begleitete sie durch den Schnee und schaute zu, wie sie im Tankstellenladen eine Zeitschrift kaufte. Sie machte einen Scherz über eine Schlagzeile, ohne Julius zu verraten, was daran lustig war. Und draußen zwischen den Autos gab sie ihm einen Kuß auf den Mund, weil das dazugehörte und zur Tankstelle paßte.

Martin und Regine waren unzertrennlich. Hin und wieder gingen ihnen die Themen aus, dann versuchten sie, Julius zu verstehen. Sie mochten es, am Tag irgendwo hinzufahren und abends dem einsamen Freund einen Besuch abzustatten. Seltener nahmen sie ihn auf ihre Ausflüge mit, denn wenn er dabei war, konnte man sich nicht nach seiner Gegenwart sehnen. Das empfanden beide so.

Er öffnete ihnen mit einem Grinsen die Tür, und Regine sagte Dinge wie: »Ich wußte, daß du so schauen würdest.« Martin war anfänglich bemüht, sich für die Direktheit seiner Freundin zu entschuldigen, doch es dauerte nicht lange, da waren Julius und Regine wie zwei alte Bekannte. Sie machte ihm praktische Geschenke, er lieh ihr seine Bücher aus.

Meistens begann er, die beiden gewissenhaft zu bewirten, um allmählich selber ihr Gast zu werden. Er überließ Regine das Brett und das Messer, Martin deckte beiläufig den Tisch, und Julius stand im Flur, an dem Punkt, von welchem aus man alle Fenster sah.

Martin fragte ihn nach Gustave Flauberts Roman ›L'éducation sentimentale‹, über den er eine Arbeit schreiben sollte. Das Semester war zu Ende, und es wurde schon Frühling. Julius hatte den Roman einmal gelesen, erinnerte sich allerdings nur noch ungefähr an die Farben des Himmels, der Wolken und der Flüsse darin.

Martin bat ihn nicht ausdrücklich darum, die Arbeit für ihn zu schreiben. Er verteilte bloß die Materialien, die man ihm empfohlen hatte, offen auf dem Boden und betätigte sich im Haushalt, er trug einen Teppich in den Hof, um ihn auszuklopfen. Julius schlug im Vorübergehen ein paar der Bücher auf und war erfreut über ihr Alter. Sie waren wie Antiquitäten in den Schaufenstern oben in der Stadt. Er legte sich hin und roch an den Seiten, auch das hatte er in einem Antiquariat beobachtet.

Das Schreiben nahm mehr Zeit in Anspruch als im vergangenen Jahr. Er las ›L'éducation sentimentale‹ überaus langsam Satz für Satz wieder. Mehr als einmal pro Seite benötigte er das Wörterbuch. Am Ende hatte er ein ähnliches Problem wie Martin: Ihm fiel nichts dazu ein, er hatte keine Meinung, und die geschichtlichen Zusammenhänge langweilten ihn.

Sie hatten ihre Freundschaft nie so sehr gespürt wie in diesem Frühling. Sie verharrten verwundert vor dem Kühlschrank, auf den Zwischenstockwerken im Treppenhaus, an der lauwarmen Luft auf dem Balkon. Martin war ein wenig mitgenommen von der Liebe zu Regine und dem vielen Nichtstun mit ihr. Julius hatte vom ergebnislosen Nachdenken eine beinahe modische Welle in der Frisur.

Julius reihte Zitate aus dem Roman aneinander und erreichte die geforderte Länge, ohne daß er eine Zeile dazu beigetragen hätte. Martin las die Arbeit durch und gab zu: »Für mich ist es so noch schwieriger, den Überblick zu behalten. Dafür sind die Stimmungen markant, und sie berühren mich.« Julius kam noch immer zu jeder Stelle eine Pastellfarbe in den Sinn. Die meisten konnte Martin nachvollziehen. Nur wenige Abstufungen schienen ihm zu fein und zu subjektiv.

Martin reichte die Arbeit in der ursprünglichen Fassung ein, nachdem Julius sie mit einer kurzen Einleitung und einem Titel versehen hatte. Der Professor fand die Idee originell und das Resultat reizvoll. Zugleich kritisierte er sie. Martin hätte einen Weg gewählt, auf dem man gar nichts falsch machen könne. Andere hätten wenigstens den Mut gehabt, sich zu irren.

Deshalb verlangte er von Martin eine zusätzliche Prüfung zu dem Buch. Er klopfte ihm auf die Schulter: »Erzählen Sie bitte!« Martin erzählte von Julius' Pastellfarben. Er trug die Eindrücke vor wie eine Theorie, die er allerdings noch nicht vollständig begriffen hatte. Als er sah, daß der Professor den Kopf schüttelte, sagte Martin: »Daran, wie sich die Farben verändern, können wir ablesen, wie sich die Helden verändern, wie sich ihre Ansichten wandeln, überhaupt den Lauf der Geschichte und alles. So scheint es mir zu sein und nicht anders!«

Der Professor erhob sich. Den Kopf wiegte er nun fast sachte hin und her. Über der Universität war eine graue Wolkenschicht. Sie wurde dünner, sie begann zu glitzern, sie wurde weiß. Wie ein Tuch war sie über die Stadt gespannt, und unten auf dem Platz gab es keinen einzigen Schatten. Die Blätter der Bäumchen leuchteten vor dem Betongrund in einem überhellen Grün.

Kinder schickten mit zugekniffenen Augen Papierflugzeuge über den Platz. Der wartende Julius stand ihnen im Weg, doch er bückte sich, und die Papierflugzeuge flogen weiter, knapp über dem Boden, hinaus auf die Straße und weiter über den Autos. Die Kinder legten sich enttäuscht auf ein Rasenstück, das Gras war noch winterlich dunkel. Ein Großvater brachte ihnen Altpapier aus den Papierkörben der Universität, und nach einer Weile flogen Julius neue Flugzeuge entgegen. Er trat mit eleganten, beinahe lethargischen Bewegungen zur Seite, so daß sie ihn höchstens streiften und sanft flatternd bis zu den Rändern des Platzes weiterflogen.

»Ich werde zwar nicht ganz schlau aus Ihren Ansichten, aber irgendwie überzeugen sie mich. Für mich haben Sie die Prüfung bestanden. Es war mir ein Vergnügen!« Der Professor bot Martin an, ihn ein Stück mitzunehmen, falls er in dieselbe Richtung müsse. Martin stimmte freudig zu, weil er dann Regine früher wiedersehen würde.

Julius schlenderte durch die Sträßchen im Umkreis der Universität, über ihre kleinen Kreuzungen, unter den Baumkronen, die das Trottoir überdachten – bis der Himmel über den Häusern blau wurde und ihm die Abendsonne ins Gesicht schien. Die gewellten Scheiben von alten Häusern begannen zu funkeln, durch das Gestrüpp sah Julius, wie eine Familie den bereits gedeckten Eßtisch in den Garten trug.

In der Hauptstraße wurden vor einer Bar Stühle aufgestellt. Julius ließ sich nieder, um versonnen etwas zu trinken. Hier war auch eine Haltestelle; Leute lasen um ihn herum Zeitung. Ohne einen Schluck genommen zu haben, sprang er mit ihnen in den nächsten Bus, einen Trolleybus mit einer Drehscheibe in der Mitte, auf der Kinder balancierten.

Wie immer in vollen Bussen gab es noch freie Plätze. Julius setzte sich zu einer Mutter mit zwei Töchtern. Die kleinere war wohl zehn Jahre alt, die größere zwischen fünfzehn und zwanzig. Sie sprachen eine Sprache, die ihm nicht bekannt war. Manche Wörter bestanden aus einem fremdartigen, leisen »sch«, manche klangen nasal, als wären sie aus dem Französischen entlehnt, Julius' Lieblingssprache. Wenn die Mutter den Töchtern eine Frage stellte, senkte sich ihre Stimme nicht, wie in seinem Dialekt, sie hob sich wie in einem Lied mit großen Tonsprüngen.

Die jüngere Tochter wurde von der Mutter gestreichelt und sah zufrieden zu Julius, der neben der älteren saß. Wenn die Mutter auch sie streicheln wollte, sagte sie: »Mamo!« und wies sie mit der Hand zurück. Sie fächelte sich mit einem Prospekt Luft zu. Später nahm sie eine Tube Sonnencreme aus ihrer Tasche und cremte sich fast abfällig die Nase ein. Julius konnte nur ahnen, was sie neben ihm tat, denn er schaute angestrengt zum Blütenstaub auf den Autos.

Es gab Passagiere, die mit einem Bouquet auf dem Schoß vor sich hin starrten, und solche, die die Stationen mitzählten. Es wurde wärmer. Wenn der Bus hielt, wehte ein Lüftchen herein. Julius fuhr mit der Mutter und den beiden Mädchen parallel zum Bahnhof stadtauswärts. Ein Zaun trennte das Feld von Schienen aus hellem Rost von der Straße.

Die kleinere Tochter deutete auf zwei Gleisarbeiter, die ihre Handschuhe und Mützen auszogen. Die ältere Tochter schaute durch ein anderes Fenster, in eine Allee! Julius drehte sich nach ihr um und tat so, als wolle er nur die über ihm aufgehängte Reklame lesen. Dann hüpfte die Kleine zu ihr und hielt sich an ihrer Hüfte fest.

Die beiden Schwestern waren die einzigen, die auf den schönen Abend vorbereitet zu sein schienen; sie trugen Röckchen und offene Schuhe. Dann zog die größere ungeduldig einen dunklen, eher herbstlichen Blazer an.

Ihre Station war wegen einer Baustelle verschoben, der Bus hielt in einer langen Kurve, etwa hundert Meter früher. Die Mädchen sprangen hinaus und standen Hand in Hand da. Die Mutter war überrascht, als sie die Töchter draußen auf dem Trottoir sah. Sie eilte zwischen den neu Zugestiegenen zur Tür, aber die Tür hatte sich schon wieder geschlossen. Der Bus fuhr weiter.

Sie zuckte mit den Schultern, und Julius vernahm durch eines der Fenster, wie die Töchter ihr mit großem Ernst zuriefen: »Mamo, Mamo!« Da ging er zum

Chauffeur, es waren nicht mehr als drei Schritte, und sagte zu ihm: »Halten Sie noch einmal an, die Frau möchte aussteigen!« Eine Hauslänge weiter stoppte er, und es öffneten sich alle Türen.

Julius beschloß, ihnen nicht nachzuschauen, er hob sogar eine Zeitung vom Boden auf. Als er aus der Kurve hinausfuhr, überquerten die drei vor dem Bus gerade den Fußgängerstreifen.

Die Töchter hatten sich bei der Mutter eingehängt, hinter ihnen ging die Sonne unter, und ein Schatten bedeckte sie. Die Gesichter der Töchter glänzten zwar noch, trotzdem war es, als fehlte eine Liebkosung, die es vorher gegeben hatte. Die Mutter, in einem sandfarbenen Kleid, wurde matt, ohne sich dagegen zu wehren.

Plötzlich klopfte Julius an die Windschutzscheibe. Die Mutter machte etwas wie eine Verbeugung vor ihm. Die kleine Tochter erkannte ihn zuerst gar nicht wieder und grüßte ihn mehr aus Lebhaftigkeit. Die große Tochter sah am längsten zu ihm, dafür ohne einen bestimmten Ausdruck. Und dann ging sie schräg über die Straße und entfernte sich, wie eine Geschäftsfrau. Sie setzte sich vor einem Neubau in den frisch gesäten Rasen und rauchte unter einem blauvioletten Himmel eine Zigarette.

Im Einkaufszentrum

Julius erinnerte sich, wie es gewesen war, wenn im Garten ein Gewitter aufkam. Je nach Wetter fingen seine Eltern gar keine größeren Arbeiten an. Sie schnitten mit gewöhnlichen Scheren in den Beeten unschöne Blätter weg oder spannten eine Schnur, wo es nötig war. Der Vater genoß es, beim ersten Donner nicht gleich zu rennen (vor Blitzen hatte er Respekt). Fast erleichtert packte er die Sachen zusammen und ging zur Mutter. Sie nahmen Julius an der Hand und betraten unter leichtem Regen das Haus. Sie drehten sich nach dem Garten um und bemerkten das dunkelgelbe Glühen in der Luft. Sie machten Licht, die Mutter kochte im Dampfkochtopf Kartoffeln, und sie hörten dem Rauschen des Regens zu. Nicht viel später klarte es auf, und ein Vogel begann zu singen.

Julius probierte jeden Bus aus, den es in der Stadt gab, zu allen möglichen Zeiten. Im Morgengrauen mit einer schmerzlichen Müdigkeit in den Gliedern, im Mittagsverkehr, in der Leere des Nachmittags, gegen Mitternacht, wenn es draußen wieder kühl wurde und im Bus noch heiß war wie am Abend. An einer Endstation traf er ein mildes Abendrot an. Über irgendeiner Siedlung ging der Regen ein paarmal in Hagel über, und Julius stieg aus, weil er Kinder sah, die mit einem Becher die Hagelkörner auffingen.

Er geriet in eisige Gewitter, von denen die Straßen dampften und glitzerten, in lauwarme, in rauschende, in gefährliche. In einem Bushäuschen außerhalb der Stadt überredete ihn ein Fremder, zur Sicherheit mit ihm auf das Feld hinauszurennen und sich unter freiem Himmel weit weg von den Bäumen hinzukauern.

Aber die Mutter mit ihren beiden Töchtern fand Julius nicht. Dabei suchte er sie nicht nur auf sämtlichen Buslinien. Er betrat auch jeden offenen Hauseingang, wenn er in eine Siedlung kam. Er fuhr in engen, roten Liften, er durchquerte frischpolierte Korridore. In Innenhöfen musterte er die größeren Schwestern von spielenden Knaben. Er streifte durch Supermärkte, wo er bei den Haushaltsgeräten die Frauen anschaute und einigen von ihnen im letzten Moment zunickte. Hier sah er die Knaben aus den Innenhöfen wieder, sie saßen in den Einkaufswagen und wurden von ihren Schwestern umhergeschoben.

Julius kaufte ein Eis, das er wie die Kinder schon im Laden zu schlecken anfing, ging in die Sonne hinaus, zu den angebundenen Hunden, und war so erfüllt von allem, was ihn umgab, daß er es am liebsten jemandem erzählt hätte.

Es gab Regenfälle verbunden mit starkem Wind, die seitlich an die Fenster des Busses peitschten, und solche, die auf das Dach prasselten, da und dort durch ein offenes Fenster einem Passagier ins Gesicht. Dann gab es Regenfälle, die von vorne kamen; sie waren kaum zu hören und zu sehen, solange man fuhr. Erst wenn man ausstieg, lief man in sie hinein und mußte sich abwenden.

Man konnte durch eine Passage gehen, und in der nächsten Gasse trocknete schon der Asphalt. Julius lernte in der ganzen Stadt Unterstände kennen, an denen Fußgänger auf das Ende eines Gewitters warteten. Geschäftsmänner hielten sich das Köfferchen über den Kopf und rannten los, ein älterer Mann sagte: »Ich habe Zeit.«

Die wenigsten waren eindeutig dagegen, naß zu werden. Meistens, wenn Julius zu früh weiterzog, kam er noch einmal an den Ort zurück, und dort war fast immer eine Frau mit Kinderwagen, die erschöpft zu ihm sagte: »Da sind Sie ja wieder!« Ein Kind berührte aus dem Snoogly seine Stirn.

Den Bus Richtung Vorstadt nahm er abends. Die Straße wölbte sich ganz leicht, und wenn man den höchsten Punkt erreichte, hatte man zwischen den Gebäuden hindurch Aussicht auf die Wälder und die Ährenfelder des Umlands. Das einzige, was sich bewegte, waren die Wolken, die in den Spiegelfassaden vorbeizogen.

Julius schwang auf dem Trottoir vor lauter Ruhe den Arm durch die Luft. Da hielt neben ihm der nächste Bus, und vor ihm standen die beiden Töchter mit ihrer Mutter und schauten über ihn hinweg auf einen weitläufigen Parkplatz. Hinter ihm waren in einem schneeigen Dunst die Alpen zu sehen.

Die ältere flocht der jüngeren nachlässig ein Zöpfchen. Von der anderen Straßenseite her, durch den Bus hindurch schien die Sonne auf Julius. Und plötzlich neigte die größere, während sie ihre Schwester zurechtwies, den Kopf schräg zur Seite. Ihr Schatten fiel auf Julius' Gesicht, und sie sahen sich in die Augen. Es war kein dunkler Schatten, er war durchscheinend, erhellt vom Tageslicht.

Die Mutter bemerkte, wie ihre Tochter errötete, und setzte sich anderswo im Bus. Die Kleine beschwerte sich und klopfte ihrer Schwester auf den

Arm. Julius federte ein wenig auf dem ersten Tritt. Hinter ihm kam ein Abendwind auf, eine Plastikflasche wurde über den Parkplatz geweht. Er sprang zurück aufs Trottoir.

Als er wieder hinsah, saß die jüngere der älteren auf dem Schoß. Die Tür war noch immer nicht zu, und Julius bewegte sich draußen mit einem gewissen Stolz nicht von der Stelle. Der Bus fuhr mit offener Tür weg, so, als wäre sie defekt.

Später traf er in der Stadt zufällig Martin und Regine, und sie luden ihn wieder einmal ein. Es war in einem von verschiedenen Familien benutzten Garten. Julius hielt sich, wenn er nicht von Martin weggeholt oder von Bekannten gefragt wurde, was er eigentlich tue im Leben, den ganzen Abend bei einem Rhododendron auf, dem Baum aus seiner Kindheit mit den vornehmen, glatten Blättern. Er strich ein paarmal verzweifelt über sie. Er wollte auf keinen Fall, daß der Abend zu Ende ging. Einige Gäste hatten gesagt, es wäre der letzte warme Tag in diesem Jahr.

Julius hielt sich so viel in der Stadt auf, daß er sich allmählich die Gesichter der Passanten merken konnte. Er staunte, wie selten jemand vollkommen Fremdes dazukam. Von einigen Büroangestellten wußte er schon, welchen Regionalzug sie nahmen. Er hörte sie an beliebigen Ecken der Stadt plötzlich telefonieren.

Am liebsten sah er den Verkäuferinnen zu, die Feierabend hatten, in den Gassen der Sonne auswichen und hinter Säulen erschöpft rauchten. Am vertrautesten mit der Stadt waren diejenigen, die er aus Hotels treten sah, auch wenn sie nur zwei oder drei Tage hier wohnten. Sie bewegten sich am sparsamsten, sie drehten sich im Unterschied zu den Einheimischen oft nicht um, wenn es irgendwo krachte, und manchmal waren ihre Gesichter noch ernster als die Gesichter der Bettler.

Martin und Regine fingen an verschiedenen Gymnasien ein Praktikum als Turnlehrer an und trafen sich, wenn sie konnten, auf halbem Weg in einem Park zum Mittagessen. Einmal kam Julius dazu und sah, wie sie sich einen Apfel hin und her reichten, bis sie ihn aufgegessen hatten. »Wir haben eine Ausfallstunde. Laß uns doch ein wenig quatschen!« – »Setz dich. Achtung, da ist ein Vogeldreck!« Regines Stimme war so herzlich und ihre drei Küßchen so warm, daß Julius sie wie ein betrübtes Kind umarmte.

Er glich wieder einem Tennisspieler: Vom Spazieren war er braun gebrannt, und seine Haare waren blond von der Sonne. Außerdem war er noch dünner und etwas schlaksiger als im Winter, als er sich nach dem Neuschnee gebückt oder mit den Kindern im Hof einen Schneemann gebaut hatte.

Regine hatte eine Besprechung. Martin sagte: »Ich

gehe in dem Brunnen baden. Wen sollte das stören?« Er gab Julius die Kleider in die Arme. Er hüpfte hinein, das Wasser reichte ihm bis knapp über die Knie. Das Becken war hell, und es wuchsen Algen darin, die heller leuchteten als die Rasenflächen des Parks. Ein paar Münzen lagen auf dem Grund, wie in Brunnen auf Ausflügen in der Kindheit. Julius warf ein Fünfrappenstück hinein, weil es golden war. Martin spritzte ihn fein mit dem Handrücken an. Julius fand das Wasser dreckig. Als Martin ihm etwas zurief, entfernte er sich fast bis in die Mitte der Wiese, um ihn nicht zu kennen.

Gegen Abend zog es Julius wieder vor die Stadt hinaus zum Industrieviertel. Er blieb diesmal nicht bei dem sich leerenden Parkplatz. Er ging auf einem breiten geteerten Pfad, der zwischen Neubauten hindurchführte, von der Buslinie weg.

Die Gebäude waren von einem staubigen Brachland umgeben. Einige gläserne Fassaden waren ockerfarben meliert wie nach einem Sandsturm. Bretter lagen herum, vielleicht, weil die Bauarbeiter sie vergessen hatten, vielleicht, weil das Terrain nicht eben war. Da und dort stand eine kleine Tanne wie ein Weihnachtsbaum. Eine provisorische Poststelle gab es und mehrere über das Gelände verteilte Geldautomaten.

Weiter hinten wurde der Weg abschüssig, das Brachland hörte auf, es wuchsen Büsche, es gab Verkehrsschilder, Telegrafenmaste, und Julius kam auf einen anderen, belebten Parkplatz. Hier unten befand sich ein großes Einkaufszentrum. Er lief über den heißen Asphalt, er sprang in die Luft und streckte die Arme aus, denn nicht weit über dem Parkplatz und dem Einkaufszentrum standen Wattewolken am Himmel.

Es waren vor allem Familien anzutreffen. Die Väter schoben den Einkaufswagen, die meisten Kinder hatten einen Ballon, und die Mütter trösteten sie, wenn er davonflog.

Vor dem Eingang gab es Degustationen und Wettbewerbe. Julius aß ein bißchen Käse und nahm einen Zettel entgegen, den er zusammenfaltete und später losließ. Das kühle Innere durchschritt er rasch, als hätte er einen bestimmten Einkauf zu erledigen, und gelangte zu einem Notausgang an der Rückseite: Keine zwanzig Meter hinter dem Einkaufszentrum begann ein Nadelwald. Im Halbdunkel sammelte eine lose Gruppe von Leuten Pilze.

Im obersten Stock betrachtete Julius unter einem Glasdach, einer schlichten Kuppel, die Wolken. Hier war die Wärme von draußen zu spüren. Je mehr man sich den Wänden näherte, desto kühler wurde es, und zwar nicht wie zu Hause im Keller. Die Kälte hauchte ihn von überallher an, und er drehte sich immer wieder nach ihr um, bis er sich an sie gewöhnte.

Im dritten Stock war eine Cafeteria. Die Leute saßen an einer langen Fensterfront. In Richtung der Glasscheibe wurde es wärmer. Julius berührte sie. Er hatte Aussicht auf die Neubauten und die trockene Erde zwischen ihnen. Und weiter hinten sah er seine Stadt: den beinahe wäßrig angeleuchteten Münsterturm, die Spitzen von Kirchen, die er nicht mit Namen kannte, und ein flimmerndes Muster aus Dächern der Altstadt.

Dann hörte er neben sich am Fenster eine Stimme: »Sie sind ja der anständige Herr aus dem Bus.« Es war die Mutter der beiden Töchter. Die jüngere Tochter aß an einem Tischchen ein Kuchenstück und winkte ihm zu. Julius sagte: »Ich habe mich sehr bemüht, Sie zu finden.«

Das Töchterchen machte der Mutter familiäre Zeichen und schnitt eine Grimasse. Da fragte Julius sie recht laut (es waren einige Stühle dazwischen): »Wo hast du deine Schwester gelassen?« – »Sie arbeitet noch, sie kommt gleich, wir wollen nämlich spazierengehen.« Sie sprach Dialekt, und ein wenig erinnerte ihr Akzent an das Gemisch, das Martin seit einiger Zeit sprach. »Jadwiga macht unten im Geschenkladen ihre Lehre. Ich arbeite drüben im Süßwarengeschäft«, fügte die Mutter in ihrem durchsichtigen Hochdeutsch hinzu, »und Justina geht natürlich noch zur Schule.«

Julius wollte nach ihr Ausschau halten und dachte vor den schließenden Geschäften an ihren Namen – und an seinen. Er erblickte sie einige Etagen tiefer auf der Rolltreppe. Sie war die einzige, die noch nach oben fuhr.

Auf allen Etagen wurde die Beleuchtung vermindert, so daß es nun unter der Glaskuppel am hellsten war. Es dämmerte, und wieder fiel ein heller Schatten, eine blendende Mattheit auf Jadwigas Gesicht. Einmal, als sie ungefähr in der Mitte der Rolltreppe war, hatte Julius den Eindruck, sie hätte sich auf einen Tritt gesetzt und würde sich schminken. Doch bald stand sie wieder und sah abwesend, fast neutral um sich. Julius ging ihr auf der Rolltreppe entgegen, und sie fuhren aneinander vorbei. Vorgeneigt sagte er in die Stille: »Hallo!« Sie erschrak ein wenig. Einen Augenblick später kam sie oben an und machte einen wunderbaren Sprung.

Er fand die drei unten wieder, sie hatten den Lift benutzt. Auf dem Parkplatz redete Jadwiga auf ihre Mutter ein. Justina, die Kleine, nahm Julius' Hand und lief mit ihm in die steppenartige Fläche abseits des Weges hinaus: »Meine Schwester findet dich komisch. Aber das ist nicht so schlimm. Sie ist sowieso eine Ziege.«

Sie wohnten in der Nähe. Eine Weile warteten sie mit ihm an der Haltestelle und sagten dann beinahe im Chor: »Auf Wiedersehen, Julius!« Sie verschwanden in der Nacht.

Im Bus war er allein, er ging auf und ab und berührte

auch hier die Scheiben. Er tat das so lange, bis der Chauffeur ihn fragte, ob alles in Ordnung sei. »Ja«, antwortete Julius traurig. Im Zentrum stand er lange in einem Gewitter – bis es vorbei war und am Himmel fast mit einem einzigen Windstoß die Sterne sichtbar wurden.

Die Tagebücher

Julius kaufte bei Jadwiga im Laden eine Wanduhr. »Du bist oft hier.« – »Das zweite Mal.« – »Ich meinte, öfter.« Sie machte ein höfliches, ein gleichgültiges, ein verständiges Gesicht. Und sie wiegte den Kopf.

Unter ihren Kolleginnen gab es eine Zackige, eine Dürre und eine Mollige – Jadwiga war das Mädchen. Sie rannte nicht durch den Laden wie die anderen. Soweit es möglich war, schlurfte sie. Julius betrachtete die Spruchmagnete, die Spruchpostkarten und Spruchbänder, Champagnergläser aus Zucker und ein Perpetuum mobile für den Schreibtisch, danach bat er Jadwiga, die Uhr einzupacken. Sie tat es sehr schnell und verwendete so viel Geschenkbänder (die sie mit kleinen Klebebandstücken befestigte), daß Martin an seinem Geburtstag sagte: »Es ist mit Liebe eingepackt.«

In dem Maße, wie das Wetter in den folgenden Wochen abkühlte, wurde es im Einkaufszentrum wärmer und wärmer. Manchmal hielt sich Julius länger in der schweren Luft des Eingangs auf, und hin und wieder kam Jadwiga für eine Zigarettenpause auf den Parkplatz runter.

Eine Zeitlang suchte er sie nicht mehr, er floh vor ihr. Er fuhr mit Martin und Regine für eine Wanderung ins Graubünden. Sie hatten alles in den Rucksäcken, er reiste mit einer Plastiktüte. Am glücklichsten war Julius, wenn Regine ihn an der Schulter packte, dann hatte er keinen Schmerz im Bauch – und er schaute aus der rhätischen Bahn zu den kartonfarbenen Felsen, zu den fast ebenso grauen Bächen und zu den vorbeihuschenden Eichhörnchen. Das Herbstlicht schien durch die vielen kurzen Tunnels hindurch.

Sie spielten Karten. Julius, der die Regeln nur ungefähr kannte, spielte gewissenhaft mit, noch mehr aber sorgte er sich darum, daß die Karten in den Kurven, wenn sich der Zug beinahe im Kreis zu drehen begann, nicht vom Tischchen rutschten. Manchmal reagierte er absichtlich nicht, wenn er an der Reihe war, damit Martin oder Regine an ihm rüttelten. Er erblickte von neuem die einfachen Zeichnungen auf den Karten und erwachte, jedoch nie ganz.

Auf einem Pausenplatz fand er Justina und sagte zu ihr: »Was soll ich tun, ich denke so viel an deine Schwester.« – »Du kannst sie von ihrer Berufsschule abholen. Dort sind viele, die sie noch weniger mag als dich.«

So begegnete er Jadwiga wieder im Foyer eines großen Gebäudes. Nur ein Hausmeister war zugegen; er reinigte mit einem umgehängten Staubsauger die Decke. Jadwiga hatte in der Klasse einen Aufsatz geschrieben und war als erste fertig geworden.

Wie jedesmal, sah sie anders aus. Er starrte sie an, bis sie den Kopf schüttelte. Er hielt ihr die Tür auf, sie trat ins Freie.

»Was tust du eigentlich hier?« – »Ich hole dich ab.« – »Das habe ich mir schon gedacht.« Sie wartete auf ihre Freundinnen und Freunde, die noch schrieben, und ungefähr zu zehnt begaben sie sich dann zum Bahnhof. Auf dem schmalen Trottoir der Brücke sah Julius zwischen den Jugendlichen aus wie ein Passant, der mal eingeholt wird, mal vorbeimöchte, mal anhält, aber nie etwas sagt.

Sie gingen in eine Bar und tranken an einem runden Tisch Bier mit Grenadine. Jadwiga erklärte: »Das ist ein Bekannter von mir, ich kenne ihn.« Jemand siezte ihn. Die jungen Männer fragten ihn, woher er sei. Jadwiga behauptete, er komme mehr oder weniger aus ihrer Gegend. Etwas vom wenigen, was Julius sagte, war: »Ich habe heute Geburtstag.« Da bekam er von den

Mädchen Küßchen, die Knaben gaben ihm vertrauensvoll die Hand. Jadwiga glaubte nicht, daß er Geburtstag hatte.

Später stießen ihre Mutter und ihre Schwester dazu. Die Jungs erschraken darüber und zahlten, die Mädchen beneideten sie. Julius baute mit Justina ein Haus aus Bierdeckeln, das nicht einstürzte.

Danach, in den Straßen, erinnerte er sich an früher: an das nächtliche Baden seiner Klassenkameraden in den Campingwochen, das Julius ruhig vom Strand aus beobachtet hatte, die Frotteetücher für sie bereithaltend. Mit seiner Taschenlampe hatte er aufs Wasser geleuchtet, und man forderte ihn auf, auch zu kommen, ohne ihn zu zwingen, weil er »Julius« war.

Sie verabredeten sich für halbe Stunden: für Jadwigas Heimweg. Zuerst erzählte sie Julius ihren Schultag. Am Bahnhof verloren sie sich manchmal aus den Augen und waren auf verschiedenen Rolltreppen. Während der Fahrt in die Vorstadt sagte er: »Also, folgendermaßen haben wir uns kennengelernt«, und zeigte ihr die Sitze. Einmal, als die Sitze frei waren, wechselte Julius hinüber und drehte sich gespannt nach Jadwiga um, da hatte sie die Kopfhörer in den Ohren.

In den letzten zehn Minuten, auf dem Fußweg zu ihrer Wohnsiedlung, entspannen sich zwischen ihnen lakonische Gespräche. Sie deutete auf den Vogelbeerbaum: »Den mag ich, er war bei uns vor der Tür, als ich ein Kind war.« – »Bei mir gab es ihn auch, hinter dem Haus.« Die Dämmerung begann immer früher. Dafür beleuchteten die vorbeirollenden Autos die Beeren mit ihren Scheinwerfern.

Im Hof gingen unter dem dunkelblauen Himmel die Kinder auseinander. Julius begleitete Jadwiga bis vor den Lift. Einmal zog sie ihn mit hinein: »Sieh mal, er ist für zwei Personen, und der Spiegel auch.« Es ging darum, daß er sich beherrschte, das verstand er, doch er übertrieb: Er freute sich über seine Diskretion.

Ein andermal war die Schule früher aus, und es blieb etwas mehr Zeit. Sie spazierten über die Brücke, und Jadwiga bekam Gänsehaut, denn sie war noch immer wie im Sommer gekleidet. Er gab ihr seinen Pullover. Sie hielt ihn gegen den Wind und schloß in der Windstille die Augen.

Später, in der Altstadt, verschwand sie mit leichten Schritten in einem Laden und kam mit dunklen Strumpfhosen zurück. An diesem Abend tanzten die ersten Blätter durch die Luft. Vor dem Hotel Bellevue grüßte sie eine Delegation von Landsleuten, wie eine Empfangsdame, wie eine Hostess.

Jadwiga schien es normal zu finden, daß Julius ständig mit ihr zusammensein wollte, aber noch normaler war es, wenn sie keine Zeit hatte und ihm absagen mußte. Am meisten traf er sie noch immer mit ihrer Mutter und ihrer Schwester im Umkreis des Einkaufszentrums an, und augenblicklich war sie wieder gleichgültig. An einem der Geldautomaten in der Nähe der Neubauten, wo auf der Erde nun schütteres Gras wuchs, hob sie eine Zehnfrankennote ab und hielt sie in die Bise. Sie nahm eine Zeitschrift hervor, gab ihre Tasche Justina zum Tragen und fing im Gehen an zu lesen.

Er lief an der Seite der Mutter, und sie erzählte ihm, wie sie als junge Frau in einer Gärtnerei, in einem »Blumenkombinat« gearbeitet hätte. Wie sie die unendlichen Beete abschritt und mit einem Spray die Blätter besprühte. Abends kam sie am Ende eines Treibhauses an und setzte ihre Arbeitshaube ab. Und manchmal seien ihr danach noch von Kavalieren Blumen geschenkt worden. »Jetzt erinnere ich mich: Als ich einmal mit einem großen Bouquet nach Hause kam, schlief ich ein, während ich sie einstellen wollte. Der Weg von der Fabrik nach Hause dauerte über eine Stunde mit dem Fahrrad.«

Die Schwestern spielten unter einer hohen Fassade mit einem Hund. Mal schnappte er nach einem Stecken, den Justina durch die Luft schwang, mal sprang er zu Jadwiga hoch und landete in ihren Armen, und sie trug ihn einige Sekunden, bevor sie ihn auf die Erde zurücklegte. Sie war dabei ein bißchen steifer als in den anderen Bewegungen, die Julius von ihr gesehen hatte. Sie spürte, wie er sie beobachtete, und sie wurde so verlegen, daß er sich nach dem Brachland umdrehte.

Er war seit einem halben Jahr nur noch in der Nacht zu Hause, und Martin wohnte mehrheitlich bei Regine. So sagte sogar Julius einmal an einem Sonntag: »Wie schön, dich zu sehen!« Sie kochten ein richtiges Essen (er ernährte sich sonst gern von Joghurt mit Zucker). Und sie setzten sich mit einer Flasche Wein vor den Fernseher.

Martin fehlte noch eine schriftliche Arbeit, damit er Französisch, sein Nebenfach, diesen Herbst abschließen konnte: »Ich möchte dich noch einmal, zum letzten Mal, um einen Gefallen bitten. Es geht um moderne Literatur. Wir hatten da ein Seminar über Tagebücher.«

Bald darauf holte er an der Universität die Materialien. Julius legte sich ins Bett, und Martin breitete die Papiere vor ihm aus.

Aufs Geratewohl hob Julius einen Umschlag um den anderen auf. Zunächst konnte er von dem Geschriebenen kaum etwas entziffern, da er die Blätter gegen das Licht hielt. Und bald waren sie so vermischt, daß er nicht mehr wußte, welcher Tagebucheintrag von welchem Schriftsteller war, und teilweise war er auch nicht mehr sicher, auf welchem Blatt der jeweilige Eintrag weitergegangen wäre.

Die Reihenfolge war wohl auch nicht das Wichtigste. Es fand sich ja doch auf jeder Seite ein Satz wie: »Vor mir steht eine Vase und sonst nichts.« Außerdem schienen die meisten Schriftsteller eine Frau zu haben, die irgendwo saß und schwieg, nachdem die beiden am Vortag gestritten hatten.

Julius kamen zum ersten Mal beim Lesen keine Farben in den Sinn. Er las die Daten der Einträge (beispielsweise 12. Apr. 1925) und dachte: Irgendwie hat es diese Tage alle gegeben! Und er spürte: Vor über achtzig Jahren ging einer durch die Straße, bog um die Ecke und grüßte einen fernen Bekannten, indem er den Hut hob.

Am besten gefielen ihm die Auszüge aus dem Tagebuch von Eugène Ionesco. Einer lautete so: »Ich war ungefähr achtzehn, als ich mich in einer kleinen Provinzstadt aufhielt. Es war ein herrlicher Tag, so gegen Mittag, im Juni. Ich schlenderte an den niedrigen, ganz weißen Häusern der kleinen Stadt entlang. Was dann geschah, war gänzlich unerwartet. Eine urplötzliche Verwandlung der Stadt. Alles wurde gleichzeitig zutiefst wirklich und zutiefst unwirklich ...«

Julius lief die Treppe hinunter über den Hof auf die Straße. Im Freibad gab es noch Gäste, aber sie waren angezogen und saßen auf Gartenstühlen in den Rasenflächen. Zwei Kinder, deren Mutter einen dicken Roman las, versuchten, mit Kastanienblättern Tischtennis zu spielen.

In ihrer Nähe, ebenfalls auf einem Ping-Pong-Tisch, begann er, die Arbeit zu schreiben. Sie sollte von dem Moment handeln, in dem die Schriftsteller ihr Zimmer verließen und spazierengingen. Er würde zeigen, daß sich diese Szene in allen Tagebüchern ständig wiederholte. Weit über den hellgrünen Tisch gebeugt, sammelte er, wenn sie nicht gerade davongeweht wurden, die entsprechenden Sätze zusammen. Er trank Kaffee aus dem Becher, er aß Nußgipfel, und er fing manchmal ein Kastanienblatt auf und gab es den Kindern, die jeden Tag hier waren, oder er brachte es dem wischenden Bademeister.

Nach einer Woche war er fertig; Martin mußte die Arbeit nur noch abtippen. Und die Rechtschreibung sollte eine französischsprachige Kollegin während eines Leichtathletikmeetings korrigieren. Julius legte sich zurück ins Bett.

Draußen setzte ein langer Regen ein, der sich zwischendurch zu einem unhörbaren Nieseln abschwächte und dann wieder zu rauschen anfing. Die Zeit der Gewitter war vorbei. Er wartete auf Jadwiga. Am Radio drehend, hörte er einmal kurz ihre Stimme und suchte den ganzen Nachmittag lang die Frequenz. Auf dem klassischen Sender wünschten mehrere Hörer (Frauen, Männer, Kinder) ›Für Elise‹, doch es wurde nur einmal gespielt.

Am Abend kam Martin von seinem Meeting nach Hause und sagte: »Mach die Augen zu, ich habe eine Überraschung für dich.« Julius ließ sich in die Kissen fallen. Martin kniete sich im Regenzeug zu ihm aufs Bett und übergab ihm den ungefähr flaschengroßen Pokal, den er an diesem Tag in Lausanne gewonnen hatte: »Ich widme ihn dir, er ist für dich.«

Julius zündete das Licht an und nahm den Pokal in die Hände. Er war noch feucht und das vergoldete Metall kühl. Sie wischten ihn gemeinsam am Duvet ab. Das war wohl der traurigste Moment ihrer Freundschaft: Den ganzen Abend versäumte Julius die Heiterkeit und vergaß zu lachen. Martin hätte sein Geschenk gern erläutert, aber je länger es ihm nicht gelang, desto mehr war auch er vom Ernst der Sache überzeugt.

Die Rettung war, daß er halb auf der Matratze, halb auf dem Boden einschlief und Julius sanft seine Decke über ihn breitete und die ganze Nacht hindurch fror. In der Morgendämmerung weckte er ihn, und sie flüsterten vorsichtig miteinander wie in einer Landschulwoche. Wie vor zwei, drei Jahren freute sich Julius mit Martin auf dessen Tagwerk. Und wie in der Kindheit ging er lange, bevor die Post kam, zum Briefkasten.

Wenn Jadwiga nicht im Laden war, durchstreifte Julius das Einkaufszentrum; man hätte auch über einen Flughafen flanieren können. Einmal stand die Hintertür, durch die man in den Wald sah, offen. Da nahm er einen Tannenzapfen mit von draußen und vergaß ihn später auf einer Sitzgelegenheit vor einer Boutique.

Gleich treffe ich sie, gleich treffe ich sie, gleich treffe ich sie, dachte Julius, und wenn er statt dessen ein leeres Schaufenster sah, so begab er sich auf den Parkplatz hinaus und wollte Jadwiga dort begegnen. In den Tagebüchern waren die Geliebten doch auch immer aufgetaucht, wo man sie nicht erwarten konnte! In Kinofoyers. In einem Handschriftenarchiv. Und sogar auf einem Staatsempfang …

Beim Eingang lagen Einkaufszettel in allen Größen. Mit einem Bleistift aus dem Geschenkladen versuchte Julius, festzuhalten, was um ihn herum geschah. Zuerst schrieb er das Datum auf den Zettel, dann notierte er: »Dritter Stock, Aussicht auf die Stadt, nicht so viele Leute, viele Geräusche. Ich sehne mich.«

Er erinnerte sich an seine Schulaufsätze, an die »Erörterungen« in den höheren Klassen, wo er locker fünf bis zehn Seiten schaffte, weil er so viel Zeitung gelesen hatte und ihm immer Beispiele einfielen. In leichter Trance schrieb er nach dem Pausenläuten seinen spröden Schlußsatz und durchschritt gleichmütig mit den anderen den Korridor.

Nach den zwei Zeilen im Einkaufszentrum fühlte er sich anders: Er schämte sich für den Zettel und verbarg ihn vor den Gästen der Cafeteria mit beiden Händen. Er faltete ihn zusammen und trug ihn durch die Etagen, durch die Straßen, nach Hause, und als er ihn später wiederfand, mußte er an seine Kindheit denken: wie er beim Spazieren seinen Eltern vorauslief und zu fremden Leuten sagte: »Ich heiße Julius.«

In den zwei Wochen, in denen er Jadwiga suchte, vergaß er beinahe alles, was ihn angezogen hatte an ihr. An gewissen Tagen bestand die Suche im Überqueren einer Brücke und in der Fahrt zurück nach Hause mit den öffentlichen Verkehrsmitteln. Und langsam begann er, diesen Zustand von früher zu spüren: das unbeteiligte Dasitzen, das Warten auf den Abend, die Dankbarkeit gegenüber der Dämmerung.

Er traf Jadwiga vor ihrer Gewerbeschule. Es war ein trockener, grauer Herbsttag. Sie sprang in einem ziemlich winterlichen Mantel auf ihn zu und schubste ihn: »Hey, wo warst du?« – »Ich habe mich regelmäßig nach dir umgeschaut.« – »Ich war sehr beschäftigt.« – »Warum sind wir die einzigen?« – »In der Fachkunde habe ich Ferien.« – »Und warum bist du dann hier?« – »Ich wollte etwas holen, aber es ist abgeschlossen.« – »Was brauchst du denn?« – »Eigentlich nichts Besonderes, und dann warst du ja da.«

Sie balancierte auf einem Mäuerchen die Straße entlang und landete weich im Laub, von dem das Trottoir bedeckt war. Julius streckte ihr zu spät die Hand hin, sie schüttelte trotzig den Kopf und hüpfte ein zweites Mal hoch.

Von da an war er minutenweise der Gebildete, der den Sinn gewisser Statuen erklären konnte oder sagte: »Das ist das Stadttheater.« Ein wenig später wurde er zum Langweiler, dem Jadwiga das Leben zeigen mußte. Sie rief ihm zu: »Schnell, das reicht noch!«, und sie überquerten bei Rot eine Straße. Er keuchte und rannte weiter, als Jadwiga schon lange stehengeblieben war.

Anders als früher beim Fußballspielen mit Martin lachte er mitten in seiner Verausgabung laut los. Bis es ihr fast peinlich war ... In einem Park trank er eine Wasserflasche aus, die ungeöffnet auf einer Bank lag: »Wie erfrischend, schön kühl!« Sie hielt ihn einen Augenblick lang für verrückt.

Jedesmal, wenn sie anfingen zu scherzen, passierte irgend etwas, das sie zwang, gleich wieder aufzuhören: Ein Bettler kam zu ihnen, eine alte Frau fiel in der Nähe hin, verlorene Touristen sprachen sie an. Und einmal, als sie ihn bei einem Brunnen strahlend anspritzte und er sich wie ein Knabe zierte, wurden an einem Verwaltungsgebäude über ihnen an allen Fenstern synchron die Jalousien runtergelassen. »Jesus Maria«, flüsterte sie, »das ist ja schrecklich.«

Ein andermal versuchte Julius, ihr in die Augen zu schauen, und trat dabei auf ein Schachfeld, auf dem gerade eine Partie gespielt wurde. Jadwiga wich mit einem Sprung aus. Julius warf zwar auch keine Figuren um, blieb aber noch eine Weile auf dem Feld stehen. Die Düsternis der Schachspieler übertrug sich auf ihn, und er wurde einsilbig.

Jadwiga fing an, von ihrer Kindheit zu erzählen, etwa vom wochenlangen Baden in den Masuren (sie wußte, daß Julius dieses Wort gefiel), und im genauen, wenn auch beinahe schläfrigen Zuhören wurde er heiterer. Dafür wurde Jadwiga nachdenklich. Unter dem Vogelbeerbaum in der Nähe ihres Blocks hielten sie inne. »Jetzt könntest du mir etwas von dir erzählen, als du klein warst.«

Die Herbstspaziergänge endeten jeweils herzzerreißend nüchtern: »Bei uns haben sie gestern zu heizen angefangen.« – »Offiziell fängt der Winter noch lange nicht an.« – »Wir haben bei uns keine festen Essenszeiten.« – Jadwiga streifte manchmal noch seinen Arm, aber eher kumpelhaft.

Tränen

Ende Oktober nahmen Jadwiga, ihre Schwester und ihre Mutter ein Taxi zum Busbahnhof. Sie reisten für einige Tage nach Hause in ihr unaussprechliches Heimatstädtchen.

Justina erzählte ihm, daß sie in der Schule in der Zeit gegen Anfang November jedes Jahr Grippe hätte und daß die Mutter deswegen eine Nacht lang nicht schlafe. Bei ihnen zu Hause sei dann »Zaduszki«, eine Art Nationalfeiertag, aber ohne Raketen und Zuckerstöcke, nur mit Kerzen … Die Fahrt würde über zwanzig Stunden dauern, sagte Justina, und man schlafe jeweils kurz ein, bis der Chauffeur auf der Autobahn bekanntgab: »Jetzt fünfzehn Minuten Pause.« Auf den Toiletten der Raststätten treffe man fremde Gestalten, aber auch Leute aus dem Bus. Bei jeder Pause fürchte die Mutter, Justina und Jadwiga im Dunkeln zu verlieren. Doch ein zweiter Chauffeur schreite den Korridor ab, um die Passagiere zu zählen. Und die Mutter schaue zu, wie sie wieder einschliefen.

Julius wußte von Justina die genauen Zeiten der Reise. Und so erschien er zu früh und doch später als die drei auf dem Parkplatz. Jadwiga und die Mutter erschraken, als er vor ihnen stand. Justina sprach mit den Männern, die das Gepäck in den Kofferraum luden.

Die Passagiere schienen sich zu kennen, doch man schaute einander eher nicht in die Augen. Jadwiga und die Mutter erwiderten Julius' Gruß sehr flüchtig. Jadwiga sagte: »Ich muß jetzt meinen Platz suchen gehen«, und sie hauchte von innen die Scheibe an. Ihre Mutter führte in der Kälte ein höfliches, leises Gespräch mit Julius. Sie hielt sich die Hände vors Gesicht. Im aufziehenden Nebel wandte sie sich mit einem unverständlichen Wort von ihm ab.

Während sich die Türen schlossen, stieg er hinten zu. Der Bus machte eine große Kurve, Julius setzte sich auf die Stufen und horchte auf die Durchsage. Es war das erste Mal, daß er Jadwigas Sprache aus dem Mund eines Mannes vernahm.

Bis das Dröhnen der Autobahn einsetzte, zog er auf den Stufen den Kopf ein. Wie viele jetzt schon schliefen! Und doch konnte urplötzlich etwas durch die Reihen nach hinten oder nach vorn gereicht werden –

und jeder war für eine Handreichung lang wach. Die Frauen, die nicht schliefen, schauten in den grauen Himmel hinaus, die Männer neigten sich leicht zurück und sahen zu den Knöpfen über ihnen hoch.

Das Dröhnen war laut – für Julius wurde es ganz still. Im vorderen Teil auf der linken Seite war die schlafende Jadwiga, und er trat im schmalen Korridor vor sie hin. Über Justina hinweg, die sich zusammengerollt hatte, berührte er Jadwiga an der Schulter. Sie öffnete die Augen, er sagte: »Ich komme mit, Jadwiga, einverstanden?« Seine Stimme war höher als gewöhnlich, vielleicht wie bei einem Knaben, der einem Mädchen ein Geständnis macht und auf der Stelle zu seinen Kameraden zurückläuft ... Aber Julius blieb bei Jadwiga. Mit ihren grünen Augen sah sie an ihm vorbei zur Mutter hinüber, was er nicht bemerkte, und sagte: »Du machst mir Angst. Was geht dich meine Familie an?«

Er wurde gebeten, auf den Platz zurückzukehren. Da alle Plätze besetzt waren, mußte er bis zum ersten Halt stehen; Jadwiga hatte den Busfahrern in einem Satz erklärt, was passiert war. Justina schmiegte sich an ihr Bein.

Über der Raststätte in Basel erfüllte ein Nieselregen die Luft. Auf einem Spielplatz spielten Kinder in gelben Regenmänteln. Eines saß auf der Rutschbahn, eines schaufelte tiefdunklen Sand in ein Kesselchen.

Während die Passagiere wieder einstiegen, spannte Jadwigas Mutter einen Regenschirm auf und kam zu Julius. Sie hielt den Schirm mehr über ihn als über sich: »Es tut mir so sehr leid. Es ist so schade. Wir fahren jetzt weiter. Auf Wiedersehen, Julius!« Es waren Regentropfen, die schräg über ihre Wangen geweht wurden. Der Schirm flog ihr aus der Hand, Julius fing ihn auf und hielt ihn über sie.

Beide vergaßen den Schirm – und er blieb den ganzen Abend in Julius' Hand. Wenn er einen Raum betrat (den Wartesaal, das Zugabteil, die Bahnhofsbuchhandlung), spannte er ihn erst nach einer gewissen Zeit zu.

Am nächsten Tag begleitete er Martin zur Arbeit. Er durchmaß die von grauem Licht durchfluteten Turnhallen. In den Materialräumen legte er sich auf die Matten, er zog in den Kisten die Hand durchs Magnesium. Martin lud ihn ein, mit den Schülern mitzuturnen. Er wäre nicht der einzige gewesen, der in den Kleidern und ohne Schuhe geturnt hätte. Aber Julius schlurfte lieber durch die Halle nebenan und versuchte, wie früher, die unzähligen Linien zu verstehen.

Bald waren in allen vier Hallen Klassen, und er floh ins Hauptgebäude hinüber. Zum ersten Mal überhaupt betrachtete er die ausgestopften Vögel in den Vitrinen der Biologie. Ein alter Lehrer sagte zu ihm:

»Julius, wie angenehm, du unterrichtest jetzt auch bei uns?« In der Aula probte der Chor. Er spürte die Pünktlichkeit, mit der er als Schüler die Zimmer gewechselt hatte, und die Routine, mit der er dazwischen seinen Schrank aufsuchte, etwas zurücklegte und etwas Neues herausnahm.

Ausgerechnet hier, beim Treppensteigen, wo er früher manchmal die Tritte gezählt hatte, weinte Julius los. Er hielt sich nicht die Hände vors Gesicht, wie die Mädchen, die er an diesen Geländern hatte weinen sehen. Er lief geradeaus, die Hände in den Hosentaschen, das Gesicht schief nach oben, und hielt seine Tränen in die leichte Zugluft des Flurs.

In diesem Zustand fing ihn Martin frisch von der Dusche kommend auf. Als Julius ihn erkannte, weinte er zunächst weiter wie ein Kind, das schon fast getröstet ist. Aber anders als ein Kind fing er dann nicht an zu lächeln, sondern machte auf dem Weg in die Stadt ein Julius-Gesicht, und Martin ließ ihn los.

Ein wenig später, in einer Seitenstraße, begann er, richtig zu schluchzen. Martin mußte gar nichts tun: Julius legte sich ihm von selbst in die Arme. Und Martin drückte ihn nicht an sich, als müßte es möglichst rasch wieder still werden, er sagte aber auch nicht: »Wein dich nur aus!«

Das Sträßchen führte in eine ihnen unbekannte Unterstadt. Hier gab es eine verlotterte Eisdiele. Julius hörte über einer heißen Schokolade auf zu weinen. Er zeigte von seinem wackeligen Stuhl hinaus auf ein Fußballfeld: »Überall, wo ich hinkomme, sind Kinder.« Unmittelbar danach begann es über dem Rasen zu schneien. Doch die Flocken waren so klein und so leicht, daß sie lange über den spielenden Kindern durch die Luft wirbelten, ohne zu fallen. Einige kamen durch die Tür bis zu Martin und Julius an den Tisch.

Das Schneetreiben wurde stärker, und auf dem Nachhauseweg hinterließen die beiden bereits eine Spur. Aus Regines Wohnung, wo er in den folgenden Tagen schlafen durfte, beobachtete Julius die Bahngeleise: Der Schnee deckte die Schienen zu und schmolz unter den Zügen von neuem weg, den ganzen Tag.

Regine und Martin konnten ihn ablenken, aufmuntern oder bemitleiden – sobald er auf dem Balkon war, lief Julius doch wieder zu den Gleisen hinunter in der Hoffnung, auf einem der Bahnsteige wäre Jadwiga. Er stellte sie sich vor in einem Mäntelchen, in ihren dunklen Strümpfen, entsetzt über die Schneemassen. Er hätte ihr die großen Flocken aus dem Haar gewischt.

Ende der Woche, als Jadwiga zurückkehren sollte, wartete Julius in einem Schneesturm auf sie. Er bekam sehr unterschiedliche Auskünfte: der Bus habe drei Stunden Verspätung. Er sei schon auf der Brücke, die man nur nicht sah. Viele meinten allerdings einen anderen Bus, sprachen eine andere Sprache, waren weniger nervös und gingen spontan noch Blumen kaufen.

Zuletzt fuhren mehrere Busse hintereinander auf den Platz, und nicht die Passagiere kamen heraus, sondern die Angehörigen gingen hinein, und die Begrüßungen fanden drinnen statt. Julius lief um die Busse herum, sie waren an manchen Stellen warm, und er verdreckte sich die Hände und den Rücken, indem er sich an ein Heck lehnte. Ein Bus war, als er hineinschaute, bereits leer, einer fuhr weg, um an einem geschützten Ort zu parkieren. Und es erschienen neue Angehörige, die nächsten Abreisenden setzten sich auf ihr Gepäck, usw.

An diesem Abend klingelte Julius bei seinen Eltern. Sie zeigten ihm mit Hilfe des Lichts aus dem Haus den weißen Garten. Er nahm ein Bad und wurde zu Tisch gerufen. In seinem Zimmer fehlten die meisten Bücher und der Sessel. Dafür waren mehr Pflanzen darin als früher.

Am späten Morgen klopfte die Mutter an, er lag in den Kissen und antwortete nicht. Sie kam mit einer Gießkanne herein. Er war hellwach und rief: »Raus!« Sie verschüttete einen Teil des Wassers. Der Vater rannte herbei. Die Mutter kniete seitlich abgedreht am Boden. Er sagte zu seinem Sohn: »Was fällt dir ein?« Julius versteckte sich so lange unter der Decke, bis die Eltern weg waren.

Von da an lag er bei ihnen im Haus wie ein Kranker. Ein paarmal am Tag wälzte er sich. Die allermeiste Zeit schlief er. Durch die Vorhänge schimmerte der märchenhafte Winter. Wenn ein Stück vom Fenster sichtbar wurde, erhob er sich und zog den Vorhang bis zum Anschlag zu.

Die Mutter brachte ihm kommentarlos das Essen. Martin hatte ein schlechtes Gewissen und erzählte den Eltern ausführlich, was geschehen war, soweit er es einschätzen konnte. Julius sprach auch mit ihm kaum. Martin sagte zwar solche Dinge wie: »Jetzt tu doch nicht so!« und: »Komm endlich runter von deinem hohen Ross!« Aber Julius war überzeugt, daß es das Richtige war, mit niemandem mehr zu reden.

Regine hatte den Einfall, zu viert mit Julius' Eltern Ski fahren zu gehen. Allein zu Hause, begab sich Julius bald zum Briefkasten und legte die Briefe sortiert auf den Tisch. Er kaufte ein, zunächst nur für sich, später noch einmal für alle. Er deckte sorgfältig auf für ein Fondue. Die anderen bereiteten es am Abend zu. Und er lief in den Socken die Treppe hinunter zu ihnen.

Sie versöhnten sich nicht, sie waren froh, wenn die Scham langsam abklang. Regine schnitt mehrere Brote zu jenen würfelförmigen Stücken, von denen Julius noch genauso beeindruckt war wie in der Kindheit. Martin schlug zuletzt ein Ei in die Pfanne. Da kniff Julius für einen Moment die Augen zu. Ähnlich kniff die Mutter die Augen zu, als der Vater den Kirsch holte. Julius trank zum erstenmal vor seinen Eltern Alkohol.

Der Vater gab ihm den ersten Gutenachtkuß seit zehn Jahren. Die Mutter huschte wieder einmal in der Unterwäsche vorüber. Martin und Regine schliefen im Gästezimmer, das es theoretisch immer gegeben hatte.

Kein Ärgernis

»In unserer Tochterfirma suchen sie Leute. An der Kantonsgrenze wird eine neue Geschäftsstelle eröffnet. Ich könnte da einen Anruf machen.«

Julius hatte von klein auf gewußt, daß sein Vater kaufmännischer Angestellter war, ohne sich zu überlegen, was das bedeutete. Zu einem Weihnachtsessen hatte sein Vater jeweils gehen müssen, ein paarmal pro Jahr hatte er eine Woche Ferien, und manchmal erzählte er zu Hause von Mitarbeitern.

Seine Eltern brachten Julius zum ersten Bewerbungsgespräch. Die Umgebung war dörflich, es hätte ein Ausflug sein können. Aber die Mutter hatte sich schön gemacht und stand frierend beim Parkplatz. Sie wollte mitgehen, der Vater hielt sie zurück. Aus dem Auto war Radiomusik zu hören.

Julius mußte sich auf Französisch vorstellen. Da er

seit der Schule kein Wort gesprochen hatte, stammelte er anfangs nur. Dann kamen ihm die gehobenen Wendungen aus den Büchern in den Sinn, die er in den Arbeiten für Martin zitiert hatte, und er verband sie zu einer traumhaft korrekten Erzählung ... Man bedankte sich: »Sie werden bei uns Verträge übersetzen. Glauben Sie, Sie können das?« – »Ich habe mich damit beruflich bisher nicht beschäftigt, mir scheint allerdings, daß ich mich darin zu Hause fühlen werde.« – »Sie werden bei uns unter Umständen Nachtarbeit leisten.« – »Dann werde ich mich tagsüber ausschlafen.«

So unproblematisch für Julius alles aussah, so unproblematisch war es. Er reiste an, bekam ein erstes Konvolut, und nur die Wörterbücher fehlten ihm am Anfang. Das Büro glich einem Kämmerchen, es hatte Dachschräge. Und er konnte sich Kaffee holen, sooft er wollte, und die Tassen stehenlassen.

Ende der Woche klopfte seine Kollegin an, die Übersetzerin in die andere Richtung, vom Deutschen ins Französische.

Sie war einige Jahre älter als Julius. Sie hatte etwas von einer Fremden in einem Zugabteil. Ihre Kleidung bestand aus Jeans und einer dunkelgrünen Wolljacke, deren hoher Kragen bis übers Kinn geschlossen war. Sie sagte sehr zurückhaltend: »Wir haben Geld bekommen für Nachschlagewerke. Wir sollten sie sofort anschaffen. Ohne nichts kann ich nicht übersetzen.« Sie hieß Caroline. Sie siezte Julius, nun wie eine Mitfahrende im Zug, die fragt, ob ihr Koffer nicht störe.

Am ersten Wochenende arbeiteten sie beide. Julius ging nach jedem Satz, manchmal nach jedem Wort zum Dachfenster. Über dem Horizont glimmte den ganzen Tag die Wintersonne, bis es dämmerte. Caroline hatte das Büro zwei Türen weiter. Wenn er mit einer Frage zu ihr kam, sagte sie höflich: »Das kann man dort und dort nachlesen.«

Sie war ausgebildete Übersetzerin: »Am Wichtigsten ist, daß ich nichts von mir selber reingebe, sonst wird es kitschig. Diesen Tip hat mir mein Professor gegeben.« Danach übersetzte Julius fast eine Seite, ohne aufzuschauen. Martin hatte einmal begeistert gesagt: »Auf dem Sportplatz muß man nicht an die vielen Sachen denken, an die man sonst ständig denkt. Trotzdem denkt man irgendwie noch …«

Das nächste Mal fand er Caroline telefonierend am Boden vor der Heizung. Er spürte ihre Erwachsenheit und zog langsam die Tür wieder zu.

Caroline war aus Genf und hatte täglich mehrere Stunden Weg. Julius bot ihr am selben Abend das leer gewordene Zimmer von Martin an. An ihr war etwas Verführerisches, etwas Großzügiges, eine beinahe anstößige Müdigkeit …

Auf sein Angebot reagierte sie ungefähr drei Wochen später. Das nicht aus Nachlässigkeit, sondern weil er mindestens drei Wochen zu früh gefragt hatte.

Carolines Anstellung war größer als seine, und sie arbeitete abends oft länger als Julius. Dann blieb er und las die übersetzten Seiten pro forma noch einmal durch. Das hieß nicht, daß er Caroline nachstellte. Eher versuchte er, so höflich zu sein wie sie. Wenn sie merkte, daß er es auf eine zufällige Begegnung im Entree angelegt hatte, lenkte sie davon ab, indem sie etwas Ironisches sagte, wiederum aus Höflichkeit.

Sie hätte nie Julius' Hilfe beansprucht. Hie und da verpaßte sie seelenruhig ihren Zug. Er bedauerte es aufrichtig: »Wie schade!« – »Warum«, erwiderte sie, »der Abend muß ja irgendwie vergehen.« Im Gasthof war sie die Trinkfestere, die alles normal fand, er der Übermütige, der vor dem Kellner Sprüche machte ... War Caroline zu tolerant, zu erschöpft, zu träge, zu melancholisch, um etwas dagegen einzuwenden? Oder störte es sie einfach nicht?

Plötzlich sagte er: »Ich hätte dich als kleines Mädchen kennen wollen, als Nachbarin, als entfernte Nachbarin. Wir hätten gemeinsam die Nachmittage verbringen können. Das ist jetzt zu spät.« Obwohl ihr diese Vorstellung gefiel, hätte sie deswegen noch nicht ihren letzten Zug vergessen. Sie wäre auch nie gerannt. Und wenn Julius für sie zum Zugführer eilte, stieg sie daneben einsam ein.

Als Julius erfuhr, daß sie mit bedeutend älteren Männern aus der Firma Kaffee trinken ging, erzählte er Martin davon. Martin sagte: »Das ist so. Du mußt ihr irgend etwas bieten!«

Julius kaufte seinen Eltern von dem Geld, das er verdiente, ein paar Stunden vor Heiligabend große Geschenke. Caroline bekam von ihm nichts, damit überraschte er sie. An einem der letzten Festtage, bereits im neuen Jahr, rief sie ihn an, sie hätte jetzt Zeit, umzuziehen. Martin zeigte ihr das Zimmer, während Julius zu Hause im Garten durch den Schnee schritt.

Julius war von da an ständig damit beschäftigt, sie nicht zu belästigen. Ihre Arbeitszeiten ergaben sich so, daß sie aneinander vorbei leben konnten. Er sah Caroline kein einziges Mal im Nachtkleid. Wenn ihr Vater sie besuchte, zeugte davon nur ein kleines Bouquet.

»Brauchst du eigentlich nichts im Leben? Du ernährst dich ja von Wasser und Brot. Und an den Wänden hängt kein einziges Bild!« – »Nein, ich brauche nur ein bißchen die Sprache. Die habe ich beim Übersetzen. Das reicht mir. Dir etwa nicht?« – »Es ist ein reiner Zufall, daß ich Übersetzerin bin. Ich könnte auch Coiffeuse sein. Meinem Vater schneide ich seit zehn Jahren die Haare.« – »Da gibt es zwischen uns also einen Unterschied. Das hätte ich nicht gedacht.«

Später trat er ohne anzuklopfen noch einmal bei ihr

ein. Nun zog sich Caroline tatsächlich um, aber seine Augen waren geschlossen, und er sagte: »Als Kind hörte ich die Erwachsenen sagen, ich sei verträumt. Dabei habe ich stundenlang nur über mich nachgedacht. Kannst du dir das vorstellen?«

Im Frühling übersetzte Julius einen heiklen Vertrag zu Ende. Er öffnete das Dachfenster, stieg auf den Bürosessel und hielt den Kopf schief hinaus. Die Luft war trocken. Und über den Häusern erblickte er seine Lieblingswolken. Sie schwebten über den Dächern und zogen in einem sanften Wind vorüber. Wenn eine außer Reichweite geriet oder zu leicht wurde und sich am hellblauen Himmel auflöste, konnte man den Kopf zurückwenden und über einem Haus oder dahinter, über einem Wald eine neue Wolke erblicken.

Julius erinnerte sich, wie er nach ihnen gesprungen war, wie er sie mit den Händen zu fassen gewünscht hatte. Und er rannte sehnsüchtig durchs Treppenhaus hinunter, er rannte durch den beinahe schon nicht mehr winterlichen Schatten des Foyers. Und in der Drehtür war er nicht der junge Herr im Trenchcoat, sondern wieder einmal ein ungeduldiger Typ. Er rannte durch die Dorfstraße, in Richtung der offenen Felder, denn die Wolken waren weiter weg, als er gemeint hatte. Noch machte er keine Sprünge, allerdings hatte jeder Schritt eine andere Länge, und er mußte ein paarmal stillhalten, um nicht über die eigenen Füße zu stolpern.

So lief er in Caroline hinein, die vom Bahnhof kam. Sie konnten nicht anders, als leidenschaftlich zu werden: Sie küßten sich mindestens fünf Minuten lang. Leute aus den Gärten schauten ihnen eher heiter als sensationslustig zu. Ein Autofahrer schaltete generös den Motor aus und starrte nicht einmal. Auch eine Sekretärin der Firma wurde Zeugin des Aufeinandertreffens von Julius und Caroline und mußte über den geräuschlosen Kuß auf offener Straße schmunzeln ... Sie spürten, daß sie kein Ärgernis erregten.

In der Firma wurden sie von den einen als das aufstrebende Paar gesehen, von den anderen als die beiden Kreativen. Auf jemanden, der sich für sie freute, waren sie nicht angewiesen. Sie lachten ja selber tagelang über das, was ihnen passiert war.

Was änderte sich? Sie fuhren fort, alternierend zur Arbeit zu gehen. Aber sie holten einander ab. Auf den kurzen Zugfahrten zurück in die Stadt tranken sie wie die Lehrlinge in den Abteilen Dosenbier. Und oft schliefen sie abends weintrinkend in Carolines oder Julius' Bett ein und begannen sich, während sie noch die Gläser auf die Matratze stellten, zu liebkosen.

Wenn sie Martin und Regine zu Besuch hatten oder von ihnen eingeladen wurden, so fingen sie irgendwann an, sich zu küssen und zu streicheln. »Wißt ihr was, ich finde euch ein wenig dekadent«, sagte Regine. Da lief Julius davon, und Caroline wurde zur Fremden, als die Julius sie im Winter kennengelernt hatte.

Martin fand, man müsse ihnen noch eine Chance geben, und lud sie zu einer Wanderung ein. Sie erschienen am Bahnhof ohne Ausrüstung und Proviant und trugen verblichene T-Shirts. Sie kamen wohl absichtlich knapp zu den Gleisen und stiegen nach dem Kondukteur ein.

Doch sie waren den ganzen Tag ein derart harmonisches Paar, daß Martin und Regine sich immer wieder fragend ansahen. Caroline, deren einziges Naturerlebnis bisher der Lac Léman und Landschaften durchs Zugfenster gewesen waren, hob entlang der Wege bunte Steine auf. Regine kannte sich mit Steinen aus und riet ihr, welche sie nach Hause mitnehmen solle und welche sie zurücklegen könne. Julius sagte: »Die Höhenluft ist kühl und trotzdem glühend. Mir ist zugleich warm und kalt.«

Beim Picknick unter ein paar dünnen Nadelbäumen begnügten sich Julius und Caroline mit getrockneten Aprikosen. Später allerdings begannen die beiden unangekündigt zu schmusen und rollten vom dunkelgrünen Schatten in die Mittagssonne. Martin und Regine versuchten, es ihnen abzuschauen, aber sie merkten, daß sie dafür schon zu lange zusammen waren. Sie schüttelten die Tannennadeln aus den Haaren und liefen zu dem kleinen See fünfzig Meter weiter unten in der Ebene. Sie zogen sich aus und sprangen hinein.

Caroline und Julius hörten sie kreischen und erhoben sich mit einem Schrecken aus dem Gras. Das Wasser war vollständig durchsichtig. Sie begaben sich im Laufschritt über den Abhang zu ihnen hinunter und blieben eine Schuhlänge vor dem See stehen. Die Badenden tauchten unprüde vor ihnen auf und schlotterten. Julius und Caroline hielten sich die Hände vors Gesicht.

Im April kehrte vorübergehend der Winter zurück. In diesen Tagen verschmolzen Caroline und Julius zu einer Person: Es war gleichgültig, ob sie oder er sagte: »Da hat jemand Salz auf den Tisch gestreut.« Oder: »Diesem Schal sieht man an, daß er seit einer Woche oder länger hier hängt.«

Kamen sie zu unterschiedlichen Zeiten nach Hause, so spielten beide kurz mit den Kindern im Hof. Beide halfen beim Steinchensuchen für das Gesicht des Schneemanns, beide fanden die Karotte für die Nase lustig, beide warfen einen Schneeball vor sich in die Luft, und beide waren plötzlich in der Wohnung und hatten die Kinder vergessen.

Sie gaben beide aus demselben Gefühl der Flüchtigkeit, aus dem Gefühl, daß der Tag bald zu Ende wäre, den Bettlern Münzen. Beide sagten: »Ich muß die Leute gar nicht mehr richtig anschauen, ich erkenne sie aus der Ferne am Gang.« Sie mochten leere Kinos gegen Abend. Sie hörten nie einem Straßenmusikanten zu und wußten gleichwohl immer, welcher wo in der Stadt anzutreffen wäre.

In der Dämmerung wandelte Caroline verloren durch die Wohnung, und Julius ging sie suchen, lautlos den einen Fuß vor den anderen setzend, damit sie nicht erschrak, weil beide nicht gern erschreckt wurden. Er stellte sich hinter sie, ihre Taille umfassend, und sie beobachteten, wie das Blau durch die Fenster zu ihnen hereinfloß.

Im Autobahnlärm

Am Murtensee in einem kleinen Strandbad unterhalb der Rebberge verbrachten Julius und Caroline die Sommerabende. Sie legten ihre Handtücher ins Gras, denn Sand gab es nur auf einem schmalen Streifen direkt am Wasser. Das Wasser war lauwarm. Sie schwammen hinaus bis in die Mitte des Sees, entzückt vom Funkeln der Wellen und von der nahen Sonne. Wenn sie sich umdrehten, sahen sie hinter den Dörfern und den Weinbergen den Jura und darüber die reglose »Wolkenbank«, von der Julius' Vater früher manchmal gesprochen hatte.

Caroline ging eine kalte Dusche nehmen, mit so langsamen Schritten, daß es hätte kokett sein können. Und sie trocknete sich neben Julius so lange die Beine, den Bauch, den Rücken, den Hals, bis über dem See die Sonne unterging und sich über alles der zarte sommerliche Schatten legte. Und der See verfärbte sich von Algengrün zu Marineblau. Das Dampfschiff in der Nähe des Ufers hinterließ jetzt nicht mehr nur Wellen, sondern auch Spuren, Striemen und Muster wie auf dem Genfer See.

Um diese Zeit, in diesem Licht schwamm Julius noch einmal hinaus: Caroline war am Platz über einem Buch eingeschlafen. Die Wasseroberfläche schien beinahe grau, am Himmel bildete sich Abenddunst. Aber noch immer war die Luft sehr warm. Julius fing Mücken, die ihn umschwirrten. Und plötzlich sprang von einem Poller am Steg jemand mit einem weiten Sprung neben ihm ins Wasser. Er rief: »Caroline!« Doch es war Jadwiga. Sie schwamm weit über der Oberfläche, so daß sie bis zu den Schultern in der Luft war. Julius lag fast im Wasser, wie ein Rückenschwimmer. Jadwiga hielt sich still, als würde sie mit den Zehenspitzen den Grund berühren. »Jadwiga, was tust du hier?« – »Wir haben hier Bekannte.« – »Und ich bin mit meiner Freundin da, der Ort ist angenehm.« – »Du hast mich vergessen? Und auch meine Schwester und meine Mutter?«

Julius sah die Teilchen der verlaufenden Schminke auf ihren Wangen. Sie bewegte sich nicht von der Stelle. Vor ihm waren Jadwigas grüne Augen.

Er kraulte zum benachbarten Strand hinüber. Tropfend, in der Badehose, mit Sand an den Füßen ging er durch das Städtchen, in dem auf den warmen Mauern

Katzen lagen und die Scheiben der Steinhäuser voll Blütenstaub waren. In der Straße war es hell, in der Bäckerei, in der Metzgerei, im Vis-à-vis-Laden dämmerte es schon. Unter der Terrasse eines Restaurants spielten Kinder. Julius kam der Spielplatz aus seiner Kindheit in den Sinn, auf dem es einen Erdhügel gab, durch den zwei sich kreuzende Gänge führten. Einige Kinder waren dort geradeaus hindurchgerannt in die Arme ihrer Mütter. Andere hatten darin laut gerufen, um den hohlen Widerhall zu hören. Noch andere fürchteten sich, gingen höchstens auf den Erdhügel hinauf und rutschten die kleine Rutschbahn hinunter.

Julius lief in die Gänge hinein, obwohl seine Mutter zu einer anderen gesagt hatte: »Wahrscheinlich hat er Angst davor.« In der Mitte fand er ein weinendes Mädchen. Es hielt sich an ihm fest, es nahm seine Hand, und sie gingen zusammen hinaus und stolperten dabei noch über die Stecken und Steinchen am Boden. Draußen war ein regnerisches Herbstwetter gewesen. Das Mädchen brachte Julius ein nasses Ahornblatt, das er zu Hause mit dem Vater trocknete und in einem Buch preßte.

Die Temperaturen stiegen über dreißig Grad. Julius durchmaß ohne einen überflüssigen Schritt die Zimmer und beobachtete mit düsterem Blick, was um ihn herum geschah. Bis vor kurzem hätte er das Federballspiel der Kinder unten im Hof mit einer gewissen Freude mitverfolgt, vielleicht wäre er an ihnen vorbeispaziert, um den leichten und doch ruckartigen Flug des Federballs aus der Nähe zu sehen. Er hätte sich im Hochsommer weiß gekleidet und da und dort einen unmotivierten Luftsprung gemacht.

Jetzt zog Julius oft nur noch eine Jeans an (oben meistens nichts) und beantragte, von zu Hause aus zu arbeiten. Er übersetzte liegend. Manchmal zündete er sich eine Zigarette an. Er holte sich ein Getränk mit Eiswürfeln.

Caroline vertrat seine Interessen in der Firma. Und bevor sie die Wohnung verließ, konnte er zu ihr sagen: »Bitte mach mir keine Probleme« oder: »Heute fühle ich mich nicht etwa blendend.« Das Schlimmste war, wenn man ihn bei etwas störte. Caroline mußte alles richtig machen. Am empfänglichsten war er, wenn sie sich irgendwo in seiner Nähe aufhielt und sich streckte. Er flüsterte: »Du bist so sinnlich und weißt es nicht einmal. Das macht mich verrückt.« Sie schlüpfte exakt im richtigen Moment zu ihm. Später sprachen sie über die Schattenspiele an den Wänden.

Einen Sonntag (den 15. August) verbrachten sie ausschließlich im Bett. Julius las den ersten Krimi seines Lebens und war erstaunt über die ausgeklügelte Handlung. Seine Versuche, sie nachzuerzählen, mißlangen.

Wie früher in seinen Lieblingsromanen, in denen die Handlung von Anfang an nur plätscherte, tauchten Farben vor ihm auf, jedoch nicht pastellene, eher die Farben einer gewöhnlichen Farbschachtel.

Caroline wühlte neben ihm in einem kleinen Koffer mit alten Postkarten und Briefen. Einige las sie, an anderen roch sie, aus einem Couvert fiel ein Schmetterling, aus einem rieselte Meersand. »Wozu brauchst du diese Dinge? Ich erinnere mich auch so an alles.« – »Warum kannst du nicht ein wenig zärtlicher sein?« – »Ich sage nur, was meine Eindrücke sind, innerlich und äußerlich. Dem gibt es nichts hinzuzufügen.«

Am Abend gingen sie in die noch sonnenbeschienene Küche. Danach legten sie sich wieder in den Schatten und schwiegen, als wäre es ein Hotelzimmer und als wären sie schlaflos. Beide hatten die Hände hinter dem Kopf. Irgendwann setzte draußen mit feinem Rauschen ein Regen ein, wie Julius ihn von Sonntagabenden aus der Kindheit kannte: Manchmal war es wegen des Regens kurz vor Einbruch der Dunkelheit für kurze Zeit hell geworden, weil das Grün so sehr zu glänzen begann.

Caroline schaltete mit einer langen, schweren Bewegung den Fernseher ein. Es lief ein schwarzweißer Film: Zwei Männer führen einen schwerbepackten Esel über einen Berg. Die Landschaft leuchtet, obwohl es finster ist. Die Felsen sind ganz hellgrau. Die Männer werden verfolgt, Gewehrschüsse sind zu hören, sie rennen einen Abhang hinunter, eine weite, hügelige Wiese, und verschwinden hinter einem Wald. Am Morgen ist der Esel allein und steht blutend zwischen ein paar Tannen. Er trottet auf eine Wiese hinaus, den Steinen am Boden ausweichend. Ein Klingeln wird vernehmbar, und von unten aus dem Tal kommt dem Esel eine große Schafherde entgegen. Zwei Hunde bellen und springen in die Luft. Die Herde folgt ihnen, und auf dem offenen Feld, im halbhohen, noch taugen Gras ist der Esel dann von den mageren Schafen umgeben. Fast kreisen sie um ihn – und zugleich bemerken sie ihn kaum. Er läßt sich nieder, seine Augen schließen sich zur Hälfte, doch er schaut noch vor sich hin, als wären sie geöffnet. Er kommt seitlich zu liegen, die Augen fallen ihm nun ganz zu, und man sieht am Bauch, daß er noch einmal durchatmet. Die Schafe eilen zu ihm – und gehen vorüber.

Hier war der Film zu Ende, es waren die letzten Minuten von ›Au hasard Balthazar‹ gewesen, einem Film von Robert Bresson. Julius richtete sich in den Kissen auf. Caroline stellte sich schlafend. Vielleicht schlief sie wirklich. Auf ihren Wangen waren Tränen, sie schimmerten, nicht so hell wie die Dinge im Film (und doch). Julius hoffte, sie würde die Augen aufschlagen, während er über sie gebeugt war. Er näherte sich ihren Schläfen mit dem Mund, er nahm eine Strähne von ihrer Stirn, er sah in einem Lichtschein ihren Hals. Er streichelte sogar noch ihre Brust, bevor er sich ein Hemd überzog, einen Regenschirm nahm und in den Hof hinunterging.

Warme Regenschauer flogen vorbei, so wie die Wolken, die Julius sah, wenn er über sich in den Nachthimmel schaute. Auf einer Kreuzung kam er in eine milde Windbö. Eine Seitengasse roch beim nächsten Regen nach Sommeranfang. In den mittleren und größeren Gassen hielten Taxis, die Fahrer streckten die Hände aus dem Fenster, während sie warteten, und mal tröpfelte es, mal nieselte es fast schon wie im Herbst, und immer wieder hörte es unvermittelt auf. Dann rauschte es leise weiter; in der Nähe ging ein Wind durch die Bäume, Julius trat unter den Lauben hervor in die nächtliche Augustluft, auf dem Kopfsteinpflaster spiegelten sich, ganz dunkel, die Laternen.

Über einem kleinen Platz in der Unterstadt war der Regen so geschmeidig und seiden, daß Julius eine Weile vollkommen still dastand. Wie Balthazar, der Esel im Film, schaute er mit halboffenen Augen geradeaus, leicht abwärts. Er dachte an die Schafe, die ihn umgeben hatten, die so aufmerksam und doch so zerstreut gewesen waren, er dachte an Balthazars schattiges Fell, an die strohigen Grashalme und an das Licht über den Hügeln.

Nach Mitternacht suchte Julius den Bahnhof auf. Er

freute sich, wenn noch ein Zug einfuhr, und als ihm Leute entgegenkamen, lehnte er sich ans Geländer und war froh, niemandem im Weg zu sein. Später klingelte er hinter dem Bahnhof bei Martin: »Ich hätte nur gerne gewußt, ob du auch ... ob du eventuell spazierengehen möchtest.« – »Du erkältest dich ja«, sagte Martin streng. Julius zog ihn zu sich hinaus in den weichen Regen.

Martin machte im Hof ein paar Schritte neben ihm her, so wie ein Erwachsener mit einem Kind. Er wollte eine Runde drehen und dann zurück ins Treppenhaus. Da hörte es vor ihnen auf zu regnen. Julius zog ihn noch einmal mit einem schwachen Griff am Arm.

Es war wohl kein Spaziergang. Denn immer, wenn ein Trottoir endete, verweilten sie ratlos auf dem Asphalt. Meistens überquerten sie dann einfach die Straße, die in der Außenstadt mehrspurig war. Am Rand eines Parks tropfte es ihnen aus den Baumkronen in die Haare.

Auf einmal kannten sie sich nicht mehr besonders gut oder besonders schlecht, sondern fast alles um sie herum war eine Überraschung. Das hieß nicht, daß sie sich begeisterten – sie ließen sich eher einschüchtern: Eine Kastanie fiel ihnen vor die Füße, und sie machten beeindruckt einen Umweg um sie. Sie hörten unweit des Inselspitals einen Krankenwagen und hielten sich konzentriert die Ohren zu, bis das Signal verklungen war. Sie schlenderten. Aber auch ein Schlendern war das nicht; ein bißchen gingen sie jetzt so, wie wenn man jemandem einen Ort zeigen will und zügig darauf zuhält.

Es dämmerte noch nicht. Am Bahnhof erwarteten einige den allerersten Zug. Martin überredete Julius, bei ihm zu übernachten. Julius war wacher als Martin – er stützte ihn beim Treppenlaufen, machte Licht, öffnete mit dem Fuß die Wohnungstür.

Regine stand gerade auf, sie mußte auf eine Schulreise. Martin schlief beim Teetrinken mit einer Wange auf dem Tischblatt ein, Regine gab ihm einen friedlichen Kuß und eilte ins Bad.

Julius lief erneut in die Nacht hinaus. Er ging zu Fuß einem Postauto hinterher bis ins Umland. Während er auf der Hauptstraße den Wald durchquerte, wurde es hell. Als er in die Dörfer gelangte, war dort das Leben längst erwacht, auch die Sonne schien. Die Luft über den Äckern war quirlig, sie war wie das Wasser eines durchsichtigen Baches. Manchmal befand sich Julius mitten auf einem Bauernhof, hier war es schattig. Oder auf der Terrasse eines Gasthofs, wo Handwerker Pause machten. Aus Türen und Fenstern waren Radionachrichten zu hören, in der Schule läutete es, darüber flog ziemlich tief ein Flugzeug vorbei.

Julius wanderte auf dem weißen Streifen am Straßenrand im hügeligen Land weiter, durch zwei, drei Gemeinden, und erreichte die Ebene über dem Stadtrand, an dem er aufgewachsen war. Wenn er jemanden kannte, tat er so, als wäre er ein Jogger.

Hinter dem Gebüsch im Garten stand seine Mutter und besprühte die Blumen. Leise näherte er sich ihr und sah über ihre Schulter den Wassertröpfchen zu, wie sie auf die Blüten fielen. Die Mutter drehte sich um, ohne zu erschrecken, höchstens ein bißchen ängstlich. Als Julius sie armselig und zerknittert anschaute, richtete sie den Gartenschlauch über ihm in die Luft, so daß es noch zarter als in der Nacht auf ihn hinabregnete. Er hätte darunter weinen können oder nicht, er hätte ausweichen können, selbst den Schlauch ergreifen, vielleicht auch in einer gewissen Lautstärke schreien, ins Blumenbeet hätte er springen können – doch Julius war so frei und seine Mutter neben ihm so ruhig, daß er nach einer Weile einfach ins Haus hineinging und sie ihm später durch die halboffene Tür der Toilette frische Kleider zuwarf!

Sie machte ihm Kaffee, er trank ihn in einem Zug aus wie ein Glas Wasser. Sie bot ihm zu essen an, er schien keinen Hunger zu haben.

In seinem Zimmer hielt er es nicht lange aus. Er nahm im Vorübergehen ein Buch aus dem Regal, die lange Erzählung ›Der Nachsommer‹ von Adalbert Stifter, die er vor Jahren gelesen hatte. Er lief den Weg vom Haus zum Garagenplatz hinunter, wo er, ohne anzuhalten, die Mutter umarmte. Sie sammelte Äpfel zusammen, sie rief ihm fröhlich nach. Er winkte ihr im Laufschritt, bereits um die Ecke biegend.

Im Bus, den er gerade noch erwischte, schlug er das Buch auf und las: »Oft, wenn ich durch wildes Gestrüpp plötzlich auf einen freien Abriß kam, und mir die Abendröte entgegenschlug, so setzte ich mich nieder, ließ das Feuerwerk vor mir verglimmen, und es kamen allerlei Gefühle in mein Herz.«

Er legte das Buch auf ein Bein und sank in einen unruhigen Schlaf. Die grelle Sonne schien ihm ins Gesicht, allerdings weckten ihn eher die schattigen, kühleren Abschnitte als der Sonnenschein. Zum zweiten Mal in der Stadt angekommen, stieg er um und schlief weiter. Nicht, daß er es sich bequem gemacht und mehrere Sitze wie eine Liege beansprucht hätte. Er saß gerade, bescheiden, den ›Nachsommer‹ auf dem Schoß. Einmal machte er unnötigerweise einer alten Frau Platz und suchte sich dafür einen neuen Sitz am Ende des Busses.

Er wechselte in ein Tram. Da waren die Endstationen schön gebogen. An einer solchen stand er plötzlich hellwach im Freien. Dann schlief er zum Rauschen der Schienen und dem hellen Klingeln, das beim Tram die Hupe war, noch gleichmäßiger weiter.

Am Abend, vor dem Bahnhof, glaubte er, von der Sonne berührt zu werden. Es war ungefähr sechs Uhr. Der Fußgängerstreifen war bei Grün über die ganze

Breite der Straße voll von Menschen. Julius trug sein Buch vor sich her, fast, als wollte er es präsentieren. Da sagte ein Punk zu ihm: »Junger Mann, warum schenkst du es mir nicht? Ich müßte mich mal ein wenig bilden!« Julius erwiderte: »Ja, ich brauche es nicht mehr unbedingt, bitte sehr«, und übergab ihm das Buch.

Jetzt hielt Julius wieder das Gesicht in die Sonne. Die Leute drängten vorbei. Ein Mädchen in anthrazitfarbener Kleidung überholte ihn. Eine junge Frau, eine Dame? Sie trat bald unter den Baldachin, das geschwungene Glasdach über dem Bahnhofsplatz. Es war Jadwiga. Sie machte einen Hüpfer über den Schatten eines Pfeilers.

Eine Weile stand sie bei der Haltestelle – und ging dann doch zu Fuß weiter. Julius folgte ihr schräg über die Schienen verschiedener Tramlinien. Er war gefaßt, sich hinter Passanten zu verstecken, doch Jadwiga drehte sich nicht um.

Einmal kam es so, daß Julius parallel zu ihr auf der gegenüberliegenden Seite ging, da betrachtete sie geduldig ein Schaufenster. Einmal sprang sie in ihren Bus. Und als der Bus weggefahren war, stand sie immer noch da.

Julius versteckte sich nicht mehr. Einmal kürzte er den Weg ab und kam zu früh zurück auf die Hauptstraße. Da flanierte Jadwiga vorüber.

Sie hatten die Innenstadt verlassen, Fußgänger waren kaum noch zu sehen. Die Sonne funkelte in den Kronen der hohen Ahornbäume, die da und dort zwischen den Überbauungen wuchsen, und trotzdem wurden bereits die Straßenlampen angezündet. Sie leuchteten orangefarben wie in Tunneln. Am blaßblauen Himmel begannen die Sterne zu leuchten.

Das Grau um Julius und Jadwiga hatte etwas Warmes, das den Rasenstücken zwischen den Blöcken im Hintergrund gefehlt hätte. An einer Straßenlampe hielt sich Jadwiga fest und drehte sich daran. Nicht wie eine Ballerina, eher verlegen wie in einer Pause eines Gesprächs.

Sie näherten sich dem Lärm der Autobahn. Julius flüsterte und hörte sich nicht. Er rief und hörte immer noch nichts. Jadwiga verdeckte ihr Gesicht, es war windig. Sie standen auf einer schwach beleuchteten, auf einer düsteren, auf einer unbegrenzten Fläche Asphalt. Die Autobahn, ein Viadukt, war nun über ihnen. Mittlerweile hätten sie sich die Hand geben können, und sie zierten sich nicht einmal. Julius rief, Jadwiga verstand nichts. Aber sie sah es und beugte sich vor – und er legte, zwar noch einen halben Schritt zu weit von ihr entfernt, den Kopf auf ihre Schulter.

Bern/Moskau, 2010